La beauté des mers

CHANTELLE SHAW

La beauté des mers

Traduction française de
ALEXANDRA TEISSIER

AZUR

HARLEQUIN

Collection : Azur

Titre original :
HER SECRET ROYAL DILEMMA

HARPERCOLLINS FRANCE
83-85, boulevard Vincent-Auriol, 75646 PARIS CEDEX 13
Service Lectrices — Tél. : 01 45 82 47 47 - www.harlequin.fr
ISBN 978-2-2804-8931-7 — ISSN 0993-4448

Composé et édité par HarperCollins France.
Imprimé en mai 2023 par CPI Black Print (Barcelone)
en utilisant 100% d'électricité renouvelable.
Dépôt légal : juin 2023.

FSC
www.fsc.org
MIXTE
Papier issu de sources responsables
FSC® C159065

Pour limiter l'empreinte environnementale de ses livres, HarperCollins France s'engage à n'utiliser que du papier fabriqué à partir de bois provenant de forêts gérées durablement et de manière responsable.

Prologue

La vague était monstrueuse. Dans le halo de sa lampe frontale, le prince Eirik vit se dresser un véritable mur d'eau devant le yacht. La mer était déchaînée, fouettée par la tempête arrivée plus tôt que prévu, mais là, aucun doute, c'était une vague scélérate, qui soufflait son écume blanche en se recourbant pour attaquer sa descente…

Le *Mako* avait perdu son mât une heure plus tôt, dès le début de l'orage, brisant net l'antenne VHF. Impossible de lancer un appel de détresse. D'épais nuages entravant le fonctionnement du téléphone satellite, il n'avait pas eu d'autre choix que d'abandonner l'AII, la course de voiliers « Autour de l'île d'Irlande » partie de Penash, sur la côte Sud des Cornouailles. Il avait bricolé tant bien que mal un mât de fortune avant de rebrousser chemin vers la marina. La crête des falaises se devinait déjà dans la nuit noire, seulement…

Il dégagea des cheveux de son front endolori et nota du sang sur ses doigts – conséquence de l'effondrement du mât sûrement – avant de lever les yeux vers l'énorme vague qui déferlait comme au ralenti vers le pont dans un rugissement sinistre qui lui rappela instantanément l'avalanche fatale à son frère aîné.

Niels avait-il eu peur ?

En ce jour fatidique, un peu plus d'un an auparavant, Eirik ayant quelques mètres d'avance avait pu trouver refuge dans un bosquet de sapins. Son frère n'avait pas eu cette chance. En se retournant vers la lame blanche qui dévalait la pente à vive allure, il avait compris, au fond de lui, que Niels ne survivrait pas. Il s'en voulait tellement d'avoir entraîné son frère sur les pistes. Plus jeunes, ils adoraient skier, mais Niels en sa qualité d'héritier du trône de la principauté du Fjernland était censé éviter toute activité à risque.

L'Univers bascula soudain sous l'assaut de milliers de litres d'eau glacée. Le ciel sans étoiles fusionna avec la mer d'encre comme le choc faisait rouler le yacht à cent quatre-vingts degrés. Après ce qui parut à Eirik une éternité dans le tambour d'un lave-linge, le *Mako* se redressa enfin. Toussant et crachant de l'eau, le prince aspira une bouffée d'air avant de constater les dégâts. Le mât de fortune était détruit, mais pas le compartiment étanche où étaient rangés les feux de détresse réservés aux cas de danger de mort imminent. Reconnaître que sa situation l'exigeait lui coûta, mais il fallait agir. Il regarda la traînée de fumée rouge s'élever vers le ciel, espérant que quelqu'un à terre l'aperçoive et alerte les garde-côtes.

Une fois disparue la vague de l'autre monde, la mer s'était quelque peu apaisée. À la faveur d'un rayon de lune qui transperça les nuages, Eirik s'aperçut que le yacht avait dérivé vers la côte, mais la proue était basse sur l'eau. Trop basse. Le *Mako* était en train de sombrer. Sa seule chance était d'essayer de nager jusqu'au rivage, et encore, au vu des énormes paquets de mer qui se jetaient contre les rochers il risquait de finir déchiqueté avant de toucher terre.

Eirik grimaça. C'était un plan complètement fou, mais il n'avait pas d'autre option. Il détacha son harnais de la ligne de vie qui le retenait au voilier, grimpa sur le plat-bord et balaya du regard la surface de l'océan.

Là, non loin de la coque… Une queue. Qui replongea aussitôt. Un dauphin ? Ces animaux étaient régulièrement signalés dans la zone, mais… Non, cette queue ne ressemblait pas à celle d'un dauphin. Elle refit surface plus près du bateau, avant de disparaître sous les vagues.

Eirik se figea. Il souffrait peut-être d'un traumatisme crânien qui lui donnait des hallucinations. Il ferma les yeux un instant.

En les rouvrant, il découvrit une silhouette féminine… avec une queue de poisson… qui agitait le bras dans sa direction.

Qu'est-ce que… ?

Un juron lui échappa. Il ne croyait pas au mythe des sirènes, pas du tout, mais en cette seconde aucune autre explication ne lui venait.

— Suivez-moi !

La voix s'était élevée au-dessus des mugissements du vent. Aussitôt après, la grande queue s'éclipsa dans une gerbe d'éclaboussures.

L'eau lapait maintenant le plat-bord et les pieds d'Eirik. Le *Mako* sombrait rapidement. Plus le choix, il fallait nager pour sauver sa peau. Il sauta.

Plongé dans une eau glaciale, son corps se contracta jusqu'à la douleur, sa bouche béante s'emplit d'eau salée. L'hypothermie le guettait, il le savait. Ses chances de survie étaient infimes.

Comme par magie, la créature inconnue émergea dans son champ de vision en lui faisant signe de la suivre. Sa peau semblait argentée sous la lune, son visage fin avait la délicatesse d'un portrait préraphaélite. Elle s'éloigna, sa longue chevelure ondoyant derrière elle. Sans hésiter, Eirik s'élança à sa suite. Cette créature, quelle que soit son origine, était son unique espoir.

Il avait perdu sa frontale, mais la lune claire à présent lui permit de garder en vue la queue émergeant par intervalles tandis que sa poitrine, ses épaules brûlaient sous l'effort de la nage. Le gilet de sauvetage l'aidait à flotter, mais un courant puissant l'entraînait vers les rochers qui venaient d'apparaître, affleurant de l'océan telles les dents d'un géant.

Lui revint alors en mémoire la légende des belles sirènes attirant les hommes vers leur perte. Il avait été idiot de suivre son guide mythique. Il n'avait jamais su résister à une jolie femme… Il était fichu. Les rochers approchaient et sa rage de survivre l'abandonnait à mesure que le froid lui grignotait les os.

Il sentit soudain une main sur son bras. Tournant la tête,

il trouva deux grands yeux braqués sur lui. Peut-être était-il déjà mort et entré dans de mystérieux limbes.

— Accrochez-vous ! Et surtout restez près de moi !

— Qui êtes-vous ? cria Eirik.

Elle ondoyait déjà devant lui. Il obligea ses muscles tétanisés à se remettre en action et se jeta en avant. Ils parvinrent peu après dans une sorte de chenal abrité des rafales de vent. Les vagues s'écrasaient de chaque côté contre la falaise, et devant lui – miracle ! –, une bande de sable blanc… Ses pieds touchèrent le fond. Il s'arracha à l'océan moitié titubant moitié rampant, la gorge en feu d'avoir avalé trop de sel et tomba à genoux, à bout de forces, luttant pour aspirer de l'oxygène.

Il avait dû s'évanouir. Lorsqu'il reprit conscience, sa joue reposait sur le sable. Une main le fit rouler sur le dos avant de glisser sous sa nuque.

— Tout ira mieux bientôt. Tenez bon, je vous en prie !

Cette voix mélodieuse, chantante… Inoubliable, assurément, mais ses paupières trop lourdes ne voulaient pas s'ouvrir. Et puis, il avait froid, si froid.

— Ne lâchez rien ! Restez avec moi !

La supplique urgente et tendre à la fois dans le chant fit l'effet d'un baume sur le cœur gelé d'Eirik. Un souffle tiède caressa son visage, ses lèvres. Une main douce lui effleura la joue, puis une bouche couvrit la sienne. Des lèvres humides, délicates, l'obligèrent à s'entrouvrir pour accueillir le souffle tout chaud. Ce baiser d'ange, ou plutôt de sirène dans ce cas précis, l'arracha au gouffre qui l'aspirait.

Il aurait aimé rester dans ces bras-là pour l'éternité. Ses paupières battirent, il croisa le regard insondable de la créature qui se dégagea aussitôt. Le temps qu'il se dresse sur un coude, elle était allée s'asseoir sur un rocher en partie immergé. Sa chevelure ruisselait sur ses épaules et sa queue argentée, car c'en était bien une, scintillait sous la lune.

— Qui êtes-vous ? demanda-t-il d'une voix râpeuse.

— Les sauveteurs arrivent. Vous êtes en sécurité maintenant, chantonna-t-elle avant de plonger dans l'océan.

— Attendez !

Avait-il tout imaginé ? Sa raison penchait pour une hallucination. Pourtant la sirène l'avait bel et bien aidé, sans elle jamais il n'aurait trouvé cette plage salvatrice.

Eirik se renversa sur le sable, laissant sa conscience aller et venir. Au bout d'un moment, un hélicoptère ronronna dans le ciel. La main en visière pour se protéger des phares, il vit un secouriste descendre à l'aide d'un treuil.

— Votre Altesse Royale, vos aides de camp seront soulagés d'apprendre que vous êtes sain et sauf. L'inquiétude était grande après la perte du contact radio. C'est une chance incroyable que vous ayez pu atteindre la crique de la Fée, seuls les habitants du coin connaissent cet abri.

La crique de la Fée ! Un nom prédestiné. Eirik dégagea de son front des mèches imprégnées de sel et de sang.

— Ce n'était pas de la chance, marmonna-t-il. Je sais que ça semble fou, mais j'ai été guidé par une sirène.

Ce mot parut ridicule à ses propres oreilles, mais le secouriste, contre toute attente, ne tressaillit même pas.

— Ah, dit-il, la sirène des Cornouailles. Je ne l'ai jamais vue en personne, mais oui, j'ai entendu parler d'Arielle.

1.

— Ha ! Même toi, tu craques pour le *somptueux* prince Eirik !

Au son de cette voix railleuse, Arielle tressaillit et se sentit rougir. Comme toutes les femmes présentes, elle aussi admirait en effet le beau jeune homme qui discutait avec le président du yacht-club à l'autre bout de la pelouse. Sur la défensive, elle se tourna vers Tamara Bray, une vraie vipère naguère à la tête du gang de harceleurs qui avait fait de sa scolarité un enfer quotidien.

— « Même moi » ? répéta-t-elle.

— Tu n'as jamais montré le moindre intérêt pour les gars d'ici. Mais qui voudrait de la fille d'un meurtrier condamné à perpétuité ? Le prince Eirik n'a que faire des pourritures dans ton genre. Cela dit, soupira Tamara, les gars d'ici ne lui arrivent pas à la cheville, j'avoue.

Arielle suivit son regard. *Somptueux,* terme local pour qualifier une personne séduisante, Son Altesse Royale le prince Eirik du Fjernland l'était en effet, avec sa tignasse pâle ébouriffée, sa peau hâlée couleur de miel. Même le pansement sur son front ne déparait pas ses beaux traits ciselés.

Étrangement, depuis le décès de son frère, ce prince playboy à la vie dissolue dont raffolaient naguère les tabloïds ne faisait plus parler de lui. Au vrai, Arielle avait toujours eu un faible pour le personnage et ses yeux magnétiques du même azur que le ciel des Cornouailles, en ce jour de printemps plutôt frais… Une boucle rebelle lui chatouilla la joue. La brise de mer taquinait ses cheveux, pourtant ramassés en chignon ce matin dans un effort pour se rendre présentable. Elle la ramena derrière l'oreille, sans quitter du regard le prince.

Il semblait en bien meilleure forme que trois jours plus tôt, lorsqu'elle l'avait guidé à travers l'océan en furie jusqu'à la crique de la Fée. Sa taille, sa présence imposante le distinguaient des autres invités du yacht-club attroupés autour de lui. Son physique impressionnant et l'ombre de barbe blonde sur ses joues attestaient de ses origines viking.

— Et d'abord, où diable se trouve le Fjernland ? marmonna Tamara. Je séchais toujours les cours de géo…

— En mer du Nord, répondit Arielle. C'est une île située entre la péninsule danoise du Jutland et la côte Sud de la Norvège. Le Danemark a tenté à plusieurs reprises de se l'approprier, mais s'est heurté à des guerriers réputés parmi les plus redoutables de la Scandinavie. Le Fjernland est une principauté indépendante gouvernée aujourd'hui par Son Altesse sérénissime le prince Otto III et son épouse la princesse Hulda. Le prince Eirik est leur fils et unique héritier depuis la mort du prince Niels, son frère aîné.

— Toujours aussi bûcheuse, à ce que je vois. Mais tes beaux diplômes n'y changent rien, ton père est en taule et beaucoup ici pensent que tu devrais y être aussi ! persifla Tamara.

— J'ignorais tout des trafics de mon père, comme de ce qui est arrivé à ton pauvre cousin.

— Ouais, c'est ça…

Le ventre d'Arielle se noua. Son passé la rattraperait donc toujours ! Elle tourna les yeux vers la marina, où mouillaient les yachts qui avaient pris part à l'AII. Tous avaient terminé la course en moins de quarante-huit heures, à une exception notable. L'infortune du prince Eirik avait fait la une des médias mais, Dieu merci, aucune mention n'était apparue de son intervention. La dernière chose qu'elle voulait, c'était bien d'attirer l'attention. Les voiliers ondulaient au gré de la houle dans un cliquetis de gréements. Le parfum iodé de la brise lui donna envie, comme souvent, de prendre le large. Nageuse chevronnée, elle évoluait la plupart du temps en monopalme dans l'océan, sa seconde maison, avec une confiance qui lui manquait cruellement dans tous les autres domaines de sa vie…

Les villageois la jugeaient aussi sauvage que son père, du temps où il vivait avec elle dans leur cottage au sommet de la falaise. Mais quoi d'étonnant à ce qu'elle se tienne à l'écart ? La mauvaise réputation de Gerran Rowse avait rejailli sur elle comme sur sa mère du temps où elle était encore en vie. Tout le monde l'évitait aujourd'hui encore. Elle n'avait sa place nulle part, et certainement pas dans ce yacht-club huppé dont les membres étaient pour la plupart de riches retraités qui avaient troqué la vie citadine contre un petit coin de paradis – tout en se plaignant de l'absence d'une célèbre chaîne de cafés. Les petits pêcheurs locaux travaillant dur sur leur chalutier pour un salaire de misère formaient une communauté à part, très soudée, dont Arielle était tout aussi exclue.

D'où sa stupeur la veille, lorsque le président du yacht-club en personne s'était présenté dans son atelier au cottage.

« Son Altesse royale le prince Eirik du Fjernland a quitté l'hôpital à la suite de sa fortune de mer. Il décernera demain la coupe au vainqueur de l'AII. Son secrétaire particulier m'a informé qu'il souhaitait vous rencontrer à cette occasion », lui avait annoncé Charles Daventry. Le cœur d'Arielle avait fait une embardée. « Me rencontrer, *moi ?* s'était-elle exclamée. Pour quelle raison ? » Le prince avait-il découvert que c'était elle qui l'avait aidé, bien qu'elle n'en ait soufflé mot à personne ? Aussitôt elle avait craint que la notoriété de son père l'ait rendu curieux, même si elle avait changé son nom de famille après la condamnation de Gerran Rowse pour se protéger des journalistes. « Le prince est très investi dans la protection des océans. Il a entendu parler de votre activité de recyclage des déchets plastiques marins en objets décoratifs, avait expliqué Charles, penché, l'air perplexe, sur un sous-verre créé par ses soins à partir de granulés de plastique. Le comité vous propose d'apporter au yacht-club quelques-uns de vos produits. Si la cérémonie de remise des prix lui en laisse le temps, il souhaitera peut-être y jeter un coup d'œil. »

Toute publicité pour la protection du milieu marin était bienvenue. C'était avec cette pensée en tête qu'Arielle avait poussé la porte du club-house tout à l'heure. Les invités n'ayant pas terminé leur déjeuner, un steward hautain l'avait guidée vers une des tables dressées sur la pelouse afin qu'elle y dispose ses œuvres, parmi quelques autres commerces locaux également conviés.

Tamara, venue représenter la brasserie de son père, lui jeta un regard mauvais depuis la table chargée de fûts de bière estampillés Bray's Brewery.

— Si tu nous rendais service en disparaissant vite fait ? Et qu'est-ce que tu fiches ici, d'abord ?

— Le prince s'intéresse à mon initiative de recyclage du plastique, paraît-il.

— Le prince ? Il ne risque pas de s'intéresser à quoi que ce soit venant de toi ! Pour peu que son équipe chargée de la sécurité ait enquêté sur ton père, tu n'auras même pas le droit de l'approcher.

Ces remarques piquèrent Arielle au vif, après tant d'années d'humiliations endurées auprès de son père. Ostracisée par tout le village, alors qu'elle n'avait rien fait de mal ! C'était rageant.

Sa conscience la rappela aussitôt à l'ordre. Elle aurait dû faire davantage d'efforts pour découvrir la vraie nature des activités de son père. Alors qu'il élevait officiellement des moutons, un travail à peine rentable, elle avait trouvé un jour, caché derrière des balles de foin, un sac de sport rempli à ras bord de billets de banque. Des inconnus étaient passés peu après au cottage, mais elle s'était enfermée dans sa chambre sur l'ordre de son père. D'un geste machinal, elle effleura la cicatrice qui lui griffait la joue. Son père purgeait une peine de prison à vie, elle n'avait plus aucune raison de le craindre, mais ses crimes scandaleux la hantaient encore.

Tamara avait raison, elle n'avait aucune chance de capter l'attention d'un prince aussi séduisant, enchaînant les fêtes luxueuses dans la jet-set, honoré et adulé partout où il se rendait, surtout par les femmes.

— Il arrive ! chuchota Tamara tout excitée. Je vais rencontrer un vrai prince… Je n'arrive pas à le croire !

Le prince Eirik traversait en effet la pelouse à grandes enjambées. Ignorant Tamara, il se dirigea droit vers Arielle.

— *Vous !* La sirène… C'était vous. Qui êtes-vous donc ? murmura-t-il.

Avant qu'Arielle ait pu répondre, le prince jeta un coup d'œil par-dessus son épaule et tiqua en voyant son escouade de conseillers se précipiter pour le rejoindre.

— J'ai cru à un rêve, mais vous êtes une femme bien réelle, dit-il encore en la détaillant de la tête aux pieds.

Son regard caressant éveilla une onde de chaleur dans le corps d'Arielle.

Il était encore plus beau que dans son souvenir. Le soir du naufrage, elle avait tenu cette tête sur ses genoux, émue par sa vulnérabilité. Aujourd'hui, le prince semblait complètement rétabli et sa puissance virile suscitait chez elle une réaction très différente, purement féminine et vieille comme le monde.

Il dépassait sûrement le mètre quatre-vingt-dix. Le premier bouton défait de sa chemise bleu pâle révélait une touffe de duvet blond à la base de la gorge. D'un regard furtif, Arielle admira les hanches étroites, les longues jambes enchâssées dans le pantalon bleu marine ajusté. Ce corps svelte, sans un atome de graisse, dégageait une impression de force et de pouvoir. Elle releva les yeux. Son pouls s'accéléra sous le regard bleu azur pétillant du prince.

— Vous m'avez sauvé la vie. J'aimerais vous parler, mais pas ici, ajouta-t-il plus bas comme le président du yacht-club s'avançait à son tour vers eux. Y a-t-il un endroit où nous pouvons être seuls ?

— Je ne crois pas, murmura Arielle, songeant à la pléthore de photographes présents au yacht-club.

Il dissimula sa frustration au prix d'un effort évident lorsque Charles Daventry, un peu essoufflé, s'arrêta devant eux pour faire les présentations.

— Votre Altesse, voici Arielle Tremain, très active auprès

de l'association Clean Sea dans laquelle vous êtes vous-même investi.

— Je suis très honorée de vous rencontrer, Votre Altesse royale, dit Arielle, la main tendue.

Du coin de l'œil, elle vit Charles froncer les sourcils et se souvint trop tard qu'elle avait pour consigne de faire la révérence au prince. Elle n'eut pas le temps de se rattraper. Le prince avait refermé les doigts sur sa main, et des étincelles couraient sur son bras.

— Arielle… Quel beau prénom ! Il vous va à ravir.

Sa voix gutturale, un peu râpeuse, était craquante. Quant au sourire qui l'accompagnait… Elle éprouva un drôle de picotement dans sa poitrine et sentit les pointes de ses seins durcir contre la dentelle du soutien-gorge. Pour une fois elle avait enfilé une robe ce matin, la seule en sa possession, à la place de sa tenue favorite, jean et sweat-shirt informe, pour travailler seule à l'atelier. Mal à l'aise, elle aurait aimé croiser les bras, mais sa main était toujours prisonnière de la poigne du prince. Cette fièvre qui lui prenait le corps l'étonna. Deux ans déjà qu'elle avait rompu avec Jack et banni les hommes de sa vie…

Le prince était toutefois un spécimen exceptionnel. Le moyen de ne pas se laisser éblouir par son physique parfait, ses pommettes sculptées, sa bouche si appétissante ? Et puis, ce séducteur notoire savait y faire. Flirter était une seconde nature chez lui.

Leurs regards s'accrochèrent. Arielle ne put réprimer un frisson de désir. Ce fut comme si le temps suspendait sa course et que la foule disparaissait du jardin, les laissant seuls, le prince et elle, sous le grand ciel bleu. Elle n'avait pas oublié la courbe sensuelle de ces lèvres, ni la manière dont elles s'étaient ajustées aux siennes tandis qu'elle se démenait pour le ramener à la vie. Le prince Eirik était alors à demi inconscient, comment se souviendrait-il de ces détails ? se dit-elle pour se rassurer. Tout de même, la lueur espiègle dans les yeux bleus affûtés fit battre son cœur un peu plus vite.

Charles toussota discrètement derrière elle, rompant le charme. Elle retira sa main d'un geste vif. À son profond soulagement, le prince détourna enfin la tête. Elle en profita pour aller reprendre sa place derrière la table. Le prince se pencha vers les articles exposés.

— Vous avez fabriqué tous ces objets avec du plastique recyclé ? Impressionnant, murmura-t-il.

— Je crée le plus souvent de petits objets, porte-clés, dessous-de-verre, bijoux…

Elle saisit une paire de boutons de manchette et les lui présenta.

— Qui croirait que ces petites choses étaient autrefois un plastique non recyclable, un paquet de chips, par exemple ? Les déchets sont passés au broyeur et réduits en agrégat très fin, mixé ensuite avec une résine à base de plantes pour être modelé.

Le prince préleva un collier et le leva à hauteur des yeux. C'était une des pièces préférées d'Arielle, une chaîne délicate émaillée de minuscules pendentifs en résine en gouttes d'eau.

— Qui s'occupe de la partie joaillerie ?

— Moi, répondit Arielle, s'empourprant sous le regard intense du prince. J'ai appris seule l'orfèvrerie, par tâtonnements. J'ai commis beaucoup d'erreurs au début.

Le prince Eirik se pencha par-dessus la table et tendit la main pour toucher la boucle en verre couleur émeraude qui pendait de son oreille.

— Et ces boucles que vous portez, assorties à vos yeux ? C'est votre œuvre, aussi ?

Son visage était si proche qu'Arielle sentit un souffle chaud sur sa joue. Des effluves d'une eau de toilette épicée lui chatouillèrent les sens.

— Oui, balbutia-t-elle avant de s'éclaircir la voix. Je ramasse aussi du verre dépoli sur la plage. Je l'utilise pour fabriquer des bijoux que je vends en ligne.

— Vous êtes décidément une femme pleine de surprises, Arielle.

À ces mots, elle se crispa tout à coup. Aurait-il eu vent des crimes commis par son père ?

— Que voulez-vous dire ? murmura-t-elle.

— J'ai cru comprendre que vous organisiez des collectes de déchets sur les plages de la région ?

— Oh ! En effet, je participe régulièrement à ce type d'opération et j'essaie d'enrôler un maximum de volontaires pour donner un coup de main.

— J'ai moi-même lancé un projet similaire au Fjernland.

Le prince la contempla d'un air songeur. Entre eux jaillissaient des étincelles, et ce n'était pas le fruit de son imagination, Arielle en était certaine.

Pendant ce temps, Tamara avait joué des coudes pour émerger au premier rang de la foule, juste à côté du prince. Le président du yacht-club l'ayant présentée, elle se fendit d'une profonde révérence.

— Votre Altesse royale, c'est un honneur de vous rencontrer. Je suis une amie très proche d'Arielle et je milite activement pour la protection de nos océans, affirma-t-elle avec ferveur tout en coulant un regard d'avertissement vers Arielle.

Elle battait furieusement des cils devant lui tel un papillon fou… Sérieusement ! Arielle faillit éclater de rire devant ces mensonges éhontés. Tamara n'avait jamais participé à la moindre collecte de déchets.

Le prince lui tourna le dos pour s'adresser à Arielle.

— À l'occasion, j'aimerais discuter plus en détail de votre engagement auprès de Clean Sea, murmura-t-il avant que Charles Daventry ne l'entraîne vers d'autres entrepreneurs locaux.

Arielle rassembla ses produits et remonta dans sa voiture dans un état second.

Sa rencontre avec le prince Eirik la laissait agitée et, pour tout dire, assez frustrée de la vie qu'elle menait. Les mots de Tamara résonnaient dans sa tête. « Le prince Eirik n'a que faire des pourritures dans ton genre. »

Elle ne s'était pas attendue à ce que le prince la remarque. Et jamais elle ne confesserait son rêve secret d'un prince charmant venant la sauver de l'impasse qu'était devenue sa vie. Le prince Eirik avait semblé sincèrement intéressé par son initiative de recyclage du plastique, il l'avait traitée en égale et il avait écouté ce qu'elle avait à dire – c'était plus que ce qu'avaient fait son père et les villageois du coin. Tant qu'elle vivrait ici, elle resterait souillée par les crimes paternels…

Quelque chose en elle avait changé. Hors de question désormais de perdre encore du temps à attendre le prince charmant. Si le cottage de la falaise renfermait des souvenirs heureux de sa mère, ses murs épais suintaient aussi la tristesse et le désespoir, en plus du sang versé par un innocent. Depuis sa naissance, Arielle vivait sous la coupe de son père. Or Gerran Rowse croupissait en cellule depuis trois ans maintenant. Il ne tenait qu'à elle de se libérer de cette emprise mortifère.

Sa rencontre avec le prince lui avait donné un bref aperçu d'un monde où elle ne se sentait pas jugée – renforçant par là sa détermination à se bâtir une nouvelle vie loin, très loin de Penash.

2.

Une robe neuve, c'était quelque chose.

En proie à des doutes croissants, Arielle tripota nerveusement les fines bretelles de soie noire, les yeux rivés sur son reflet dans le miroir. Toute cette chair exposée… Vraiment très courte, cette robe. Et pourquoi le décolleté était-il plus profond que tout à l'heure dans la cabine d'essayage ?

La tentation était grande de remettre la bleu marine très chaste achetée quatre ans plus tôt pour la cérémonie de remise des diplômes à l'université et qui végétait depuis au fond de son armoire. Elle l'avait à peine ressortie pour deux entretiens d'embauche ainsi qu'au yacht-club ce matin – raison pour laquelle il lui fallait absolument une nouvelle tenue ce soir, plus sophistiquée.

L'invitation du prince Eirik l'avait complètement prise de court et propulsée vers les boutiques de Truro. Elle rafla la carte de visite royale avec dorures or posée sur le manteau de la cheminée et relut le texte tracé d'une écriture audacieuse la conviant à un dîner avec le prince dans son hôtel. Une note manuscrite, c'était si rare à cette époque d'échanges par courriels ou textos. Elle était signée : « Eirik », de façon très informelle. À la vue de ce prénom, une nuée de papillons s'envola dans le ventre d'Arielle.

Peu après son retour du yacht-club, une limousine aux vitres teintées s'était arrêtée devant le cottage. Puis un homme en était descendu pour venir frapper à sa porte. Arielle s'était cachée derrière les rideaux, hantée par le souvenir des inconnus débarquant ici pour se livrer à de mystérieuses transactions avec son père. Du trafic de drogue, avait-elle découvert après coup pendant le procès. Gerran Rowse s'était révélé un gros trafiquant à la tête d'une opération visant à introduire clandestinement en Cornouailles, *via* des bateaux de pêche, d'énormes quantités d'héroïne et de cocaïne. Mais il était désormais en prison à vie, et Arielle, décidée à ne plus vivre dans la peur, avait fini par aller ouvrir. Son visiteur, très élégant, les tempes grisonnantes, s'était présenté comme Gustav Koch, secrétaire particulier de Son Altesse royale le prince Eirik. Il lui avait tendu la carte de visite, précisant que le prince espérait vivement une réponse positive.

Gustav avait conservé une expression impassible, mais le regard furtif qu'il avait jeté au pull lâche qu'elle avait enfilé sur un jean pour travailler à l'atelier ne lui avait pas échappé. Le secrétaire royal la jugeait-il trop commune pour un tête-à-tête avec le prince ? Arielle avait redressé le menton. « J'accepte avec plaisir », s'était-elle entendue dire avant d'avoir eu le temps de trouver une excuse pour décliner.

Une voiture devait venir la prendre à 19 h 30. Le temps manquait de toute façon pour changer de robe, ou refaire son chignon. Ses boucles étaient plus rebelles que jamais juste après le shampooing…

Des phares trouèrent la nuit au-dehors. Le carrosse de Cendrillon était avancé. Le cœur battant d'un cocktail de trac et d'excitation, Arielle glissa autour de ses épaules le châle de soie vert sombre qui avait appartenu à sa mère et saisit son petit sac du soir. Elle inaugurait la toute première paire d'escarpins de sa vie pour accompagner la robe neuve et tituba sur les cailloux jusqu'à la voiture qui l'attendait, regrettant de n'avoir pu s'entraîner à marcher sur talons hauts. Le chauffeur lui tint la portière arrière, elle se glissa sur la banquette. L'habitacle sentait le cuir luxueux et le parfum léger mais distinctif de l'eau de toilette du prince.

Son ventre se contracta à la perspective de revoir le prince Eirik. Puis elle se remémora qu'il avait émis le souhait de discuter de Clean Sea. Il avait sans doute convié ce soir d'autres volontaires impliqués comme elle dans cette association.

L'hôtel, situé sur la côte à quelques kilomètres de Penash, était le plus huppé des Cornouailles. La voiture s'engagea dans l'allée, dépassa l'entrée principale et contourna le bâtiment pour aller se garer derrière.

Le chauffeur ouvrit la porte de service avant de la guider dans un couloir.

— Attendez ici, dit-il au bout de quelques pas, je vais annoncer votre arrivée à Gustav.

Le chauffeur s'éloigna, le portable à l'oreille, dans le couloir imprégné d'odeurs de cuisine. Pourquoi la faisait-on entrer incognito dans l'hôtel ? Craignait-on qu'elle ne porte encore un vieux jean ?

Une porte sur sa droite s'ouvrit soudain, livrant passage à un jeune homme vêtu d'un tablier blanc de chef. Elle reconnut Danny, le frère de Tamara Bray.

— Tiens donc ! Arielle Rowse, dit-il d'une voix aigre dès qu'il l'aperçut.

— Tremain, rectifia aussitôt Arielle.

Danny secoua la tête.

— Tu as peut-être changé de nom, mais pas de père. Gerran a tué mon cousin Josh et tu n'as rien fait pour l'en empêcher.

— Je ne savais pas…

Arielle s'interrompit net. À quoi bon se défendre ? Danny, comme toute sa famille, comme presque tout le monde à Penash, était convaincu qu'elle était au courant des trafics de son père et même qu'elle y avait activement participé.

— Qu'est-ce que tu fais ici à l'hôtel toute pomponnée ? demanda-t-il en lorgnant sa jolie robe.

— Je dîne ici, répliqua Arielle.

— Tu as les moyens de t'offrir le Belvedere, vraiment ? À moins que tu aies repris le business de ton père, murmura Danny d'un air songeur. Il paraît qu'une très jolie voiture s'est pointée chez toi. Le dernier chargement de came livré juste avant l'arrestation de Gerran n'a jamais été retrouvé. Tu savais sûrement où il avait été planqué, tu attendais juste que l'histoire n'intéresse plus personne pour prendre le relais… Tous ces bouts de plastique ramassés sur la plage pour fabriquer des sets de table, c'est une façade pour cacher ton vrai job…

— Tu délires complètement ! Fiche-moi la paix, Danny.

Repérant Gustav dans le hall d'entrée tout au bout du couloir, elle courut presque vers le chauffeur, qui l'entraîna aussitôt vers l'ascenseur de service en s'excusant.

— Pardon pour ces précautions, miss Tremain, mais des reporters campent dehors devant l'entrée principale. L'infortune de mer du prince Eirik a fait la une des médias internationaux, hélas.

La cabine stoppa au dernier étage. Ils pénétrèrent directement dans une suite luxueuse.

— Je vais prévenir le prince, murmura Gustav avant de s'éclipser.

Arielle promena les yeux autour d'elle. Le salon était si élégant qu'elle se sentit tout de suite dépassée. L'échange avec Danny avait fait remonter des souvenirs douloureux. Cette façon dont on l'associait toujours aux crimes de son père la hérissait. Si elle repartait avant l'arrivée des autres invités du prince, personne ne la verrait quitter l'hôtel par la porte de derrière…

Une petite voix dans sa tête lui rappela juste à temps qu'elle n'avait rien à se reprocher. Elle s'avança vers la baie vitrée qui offrait un panorama de rêve sur la mer, ses talons s'enfonçant dans le tapis épais. L'eau était aussi calme qu'un lac sous la lune.

— Elle semble bien inoffensive, n'est-ce pas ?

La voix râpeuse dans son dos lui arracha un frisson.

— Difficile de croire qu'elle était démontée l'autre soir, avec des vagues assez puissantes pour détruire mon yacht…

— J'aime son côté imprévisible. Seul un faible d'esprit peut s'imaginer contrôler les océans, dit tout bas Arielle.

Son cœur tambourinait sous ses côtes, le courage de se retourner lui manquait. Mais tout de même, c'était un *prince !*

Elle pivota trop vite sur ses hauts talons et faillit perdre l'équilibre avant d'esquisser une révérence maladroite.

— Votre Altesse.

— Je vous en prie, pas de cérémonies entre nous ! J'ai reconnu votre voix, dit-il, traversant le salon jusqu'à elle en trois enjambées. Lorsque vous êtes apparue parmi les vagues l'autre nuit, j'ai cru à une hallucination…

Il était d'une beauté réellement saisissante, avec ses yeux du bleu le plus lumineux qui soit. Arielle n'était pas préparée à l'impact dévastateur du sourire qu'il lui décocha.

— Cela paraît fou, ajouta-t-il d'un air contrit, mais cette queue, cette peau argentée… Je vous ai prise pour une sirène.

Arielle se mit à rire.

— Je portais une combinaison argentée et une monopalme, comme souvent. J'adorerais être une vraie sirène, mais j'ai des jambes !

— J'ai remarqué, répliqua le prince un ton plus bas.

Arielle retint son souffle sous le regard pétillant qui lui caressa la gorge et la poitrine avant de glisser vers ses jambes, où il s'attarda plus longuement. Pourvu qu'il n'y ait pas d'accroc dans les bas ultrafins qu'elle avait achetés par erreur à la place d'un collant… Consciente de sa peau nue tout en haut des cuisses, au-dessus des bandes de dentelle, elle imagina soudain malgré elle le prince relevant sa robe pour glisser la main là et sentit, à sa profonde stupeur, une moiteur perler entre ses jambes.

Une lueur sauvage traversa les yeux de son hôte. Arielle se demanda, mortifiée, s'il n'avait pas lu dans ses pensées.

— Pardonnez-moi, j'oublie mes bonnes manières, dit-il d'un ton brusque.

Froissant du bout des doigts sa tignasse blonde, il s'éloigna vers une table sur laquelle étaient disposés deux verres et une bouteille dans un seau à glace. Arielle le suivit du regard, admirant la coupe impeccable du pantalon noir et la chemise crème, très fine, laissant entrevoir la peau dorée et le duvet du torse, plus sombre.

— Aimeriez-vous un peu de champagne ?

— Avec plaisir.

Elle n'en avait encore jamais goûté. Le prince fit sauter le bouchon et remplit de bulles dorées une longue flûte.

— Je ne peux pas vous tenir compagnie, hélas, dit-il en lui tendant son verre avant de se servir de l'eau pétillante. Mon médecin m'a prescrit une cure d'antibiotiques pour éviter toute infection après ma blessure à la tête.

Il ne portait plus de pansement. Les yeux d'Arielle filèrent vers la marque rouge barrant son sourcil, vestige de points de suture.

— Vous ne devez prendre aucun risque avec votre santé, je suppose, dit-elle, maintenant que vous êtes l'héritier du trône du Fjernland.

Le visage du prince s'assombrit. Arielle regretta aussitôt sa maladresse – à peine plus d'un an avait passé depuis le décès tragique de son frère aîné.

— En effet, dit-il. Seuls mes plus proches secrétaires savaient que je m'étais inscrit à cette course. La nouvelle du naufrage de mon yacht dans la tempête n'a pas été bien accueillie par Leurs Altesses sérénissimes.

Arielle échouant à dissimuler sa surprise en l'entendant évoquer ses parents par leurs titres, le prince précisa non sans une pointe d'amertume :

— Le prince et la princesse régnants sont avant tout des monarques. Pendant mon enfance, l'éducation était tout au bas de leur liste de priorités.

Arielle prit une gorgée de champagne et battit des cils comme les bulles minuscules explosaient dans sa bouche. Elle avait lu quelque part que le champagne ne rendait pas ivre, mais ne comptait pas vérifier cette théorie ce soir. Pourvu que le prince n'ait pas débouché la bouteille juste pour elle…

— Vos autres invités aussi apprécieront ce délicieux champagne, je pense, dit-elle.

— Mes autres invités ? Il n'y en a pas. Je voulais vous

voir en tête à tête. Nous dînerons ici, dans ma suite. À moins que vous ne préfériez descendre dans la salle du restaurant ?

En public ? Au risque de se faire repérer par un journaliste ou par Danny Bray ? Arielle secoua vivement la tête.

— Ici ce sera très bien… Euh… Dois-je vous appeler Votre Altesse ou prince Eirik ?

Le prince sourit, révélant une rangée de dents blanches brillantes sur son visage hâlé, et le cœur d'Arielle tressaillit de plus belle.

— Eirik, ce sera très bien… Arielle.

Le timbre rauque fit chanter son prénom. Le creux de ses reins s'échauffa lorsqu'il y déposa la main pour l'escorter vers la salle à manger.

— Vous permettez ? murmura-t-il, soulevant l'écharpe de soie de ses épaules.

Les doigts effleurèrent sa peau. Elle eut la sensation qu'ils l'avaient marquée au fer rouge. *Ressaisis-toi, Arielle !* Le champagne l'aiderait peut-être à se détendre. Elle porta de nouveau la flûte à ses lèvres et s'octroya cette fois une généreuse goulée.

Eirik prit place à table en face d'Arielle. Elle s'était crispée lorsqu'il avait tiré une chaise à son intention. Pourquoi cette appréhension ? Ce n'était pas la réaction habituelle des femmes en sa présence. Quelle femme intrigante ! Sans compter que l'alchimie sexuelle entre eux était presque palpable…

Elle sirotait rapidement son champagne, signe évident de nervosité. C'était plutôt étrange, après la bravoure incroyable qu'elle avait démontrée en nageant jusqu'à son voilier qui sombrait pour le guider vers la terre ferme. D'un autre côté son statut de prince héritier du trône tendait à instaurer une distance entre lui et les autres…

Ce n'était pas la même histoire du temps où il n'était que l'héritier de secours. Quasiment livré à lui-même, il jouissait alors d'une liberté bien plus grande que son frère. Le pauvre Niels assumait seul le rôle de futur monarque du Fjernland, charriant toutes les attentes et le poids de l'Histoire sur ses épaules – un fardeau dont Eirik n'aurait voulu pour rien au monde. Il s'était ainsi épargné l'essentiel du cérémonial de la vie royale, pour se concentrer sur le développement de son entreprise de construction de yachts.

L'avalanche funeste avait tout changé. Désormais, sa vie serait dictée par le protocole, l'étiquette, et surtout, ses devoirs envers la Couronne. La survie de la principauté dépendait de lui car, en vertu des lois de succession, si le roi mourait sans héritier le Fjernland perdrait son statut d'État indépendant acquis des siècles plus tôt au prix de batailles sanglantes et repasserait sous l'égide danoise. On attendait donc de lui qu'il se marie rapidement avec une jeune femme de noble lignée en vue d'engendrer un héritier. C'était un fait, que cela lui plaise ou non, et il l'acceptait, d'autant qu'il était le premier responsable de la mort de son frère – sa mère du moins n'en doutait pas.

Penser à son avenir lui donnait envie de s'étourdir de champagne. Ou mieux, de se prélasser quelques heures dans les bras de cette rouquine sexy dont les yeux vert émeraude présageaient une sensualité rare. Ce soir était sa dernière chance de dîner avec une beauté qui n'avait absolument pas le profil d'une prétendante. Une ultime nuit de plaisir sans engagement, était-ce trop demander ?

Eirik s'agita sur sa chaise, un peu à l'étroit dans son pantalon à ce stade. L'excitation l'avait saisi dès son entrée dans le salon, face à la silhouette élancée d'Arielle enchâssée dans ce chiffon de soie noire qui dévoilait ses seins ronds et ses longues jambes fuselées. Et ces cheveux ! Il rêvait d'enfouir les doigts dans les boucles rousses désordonnées cascadant jusqu'au milieu de son dos…

Alors qu'il maudissait tout bas sa libido qui ressuscitait sans prévenir après un an d'hibernation, il fut sauvé par l'arrivée de Gustav et d'une escouade de serveurs venus servir le dîner. Tandis que l'un d'eux se chargeait de remplir la flûte vide d'Arielle, Eirik capta le regard de son secrétaire.

— Fais en sorte que nous ne soyons plus dérangés de la soirée, s'il te plaît.

— Bien, monsieur.

La pointe de désapprobation dans la voix de Gustav n'échappa pas à Eirik. Il suffirait que les médias aient vent d'une incartade avec une inconnue pour que sa réputation plutôt justifiée de play-boy resurgisse. Gustav, qu'il considérait comme un ami autant qu'un employé, avait rarement tort. Néanmoins, après avoir frôlé la mort, le prince se sentait des envies de rébellion.

Une fois le personnel reparti, Arielle porta la flûte à ses lèvres, les joues légèrement empourprées. Ses mains tremblaient en reposant le verre. Désireux de la mettre à l'aise, Eirik s'appliqua à n'aborder que des sujets légers. Il évoqua ainsi son pays natal.

— La mer du Nord est trop froide pour qu'on s'y baigne, même en été, mais l'île est volcanique et possède de nombreuses sources chaudes. Si vous avez un jour l'occasion de vous y rendre, vous apprécierez sûrement les lacs chauffés par l'activité géothermique. Vous n'aurez pas besoin d'une combinaison pour nager.

Son regard était aimanté par la courbe pâle des seins au-dessus du bustier de la robe. Il imagina soudain à la place un maillot deux pièces minimaliste – et l'atmosphère du salon se mit à crépiter. Son corps se tendit lorsqu'il vit une traînée rosée apparaître sur le visage d'Arielle avant de glisser vers la gorge et le décolleté. Quand avait-il vu rougir une femme pour la dernière fois ? Impossible de s'en souvenir. L'air ingénu d'Arielle piquait sa curiosité, décidément.

— Une sirène fendant les eaux limpides du Crystal Lagoon, la plus belle attraction du Fjernland… Voilà qui réjouirait les paparazzis, murmura-t-il. Je m'étonne même que vous ne soyez pas une célébrité ici, en Cornouailles.

Une expression étrange passa sur le visage d'Arielle.

— Ah ! Mais les sirènes sont des créatures timides et insaisissables qui préfèrent rester loin des projecteurs, dit-elle en reposant couteau et fourchette.

Elle avait à peine touché à son dîner. Eirik n'avait pas avalé grand-chose non plus, dédaignant même le délicieux gratin de homard. Son appétit s'était envolé – il avait faim de tout autre chose.

— Comment saviez-vous que mon voilier était en péril ? C'est stupéfiant que vous ayez pu me repérer dans la nuit noire, avec une mer aussi forte !

— Eh bien… Auparavant ce jour-là, le temps était calme, je nageais tranquillement autour du cap après avoir laissé mes vêtements et mon téléphone sur la plage principale. Au moment où la tempête s'est levée, je suis restée piégée un bon moment dans la crique de l'Elfe, qui n'est accessible que par la mer, les falaises étant trop abruptes pour qu'on puisse grimper.

Arielle marqua une pause et coinça une boucle rousse derrière son oreille.

— Lorsque j'ai aperçu la fusée de détresse, je n'avais aucun moyen d'alerte les garde-côtes. J'espérais qu'elle avait été repérée à terre, mais comme l'hélicoptère n'arrivait pas j'ai décidé de regagner la plage à la nage pour récupérer mon téléphone. Mais une minuscule lumière au large m'a alertée. Je me suis dirigée par là… Vous connaissez la suite. Une fois au sec dans la crique, vous étiez en sécurité, alors je suis repartie prévenir les secours.

— De mon côté, murmura Eirik, je savais que ma seule chance de survie était d'essayer d'atteindre le rivage, mais je n'y serais jamais parvenu si vous ne m'aviez pas guidé. Les vagues étaient énormes, elles m'auraient projeté contre les récifs. En voyant une femme avec une queue de poisson au milieu des flots déchaînés, j'ai cru rêver. Pourquoi cette monopalme ?

— Elle m'aide à nager sur de longues distances et à plonger plus en profondeur. J'ai renoncé à l'équipement de plongée sous-marine. Le mouvement de dauphin lorsque je porte une monopalme me permet d'économiser de l'énergie pour gagner en puissance.

— Vous participez à des compétitions ?

— Les courses, je m'en moque. J'ai appris à nager avant

de savoir marcher. C'est ma mère qui m'a transmis sa passion pour l'océan. Elle est morte lorsque j'étais petite. Je me sens proche d'elle lorsque je suis en mer, acheva Arielle d'une voix qui tremblait un peu.

— Vous avez dû souffrir… Qui s'est occupé de vous après son décès ?

Arielle vida d'un trait ses dernières gouttes de champagne.

— J'ai vécu avec mon père, mais il n'est plus là.

Eirik sentit que le sujet restait sensible. Elle était jeune pour avoir perdu ses deux parents. Il esquissa un geste vers le gâteau dégoulinant de crème proposé en dessert.

— Aimeriez-vous terminer par une douceur ?

Elle déclina l'offre. Il n'en fut pas autrement surpris.

— Allons prendre le café dehors, suggéra-t-il. Il fait bon ce soir et la terrasse est chauffée par le sol.

Il emporta le plateau avec tasses et cafetière sur la terrasse, le posa sur la table et versa le café.

Arielle le rejoignit d'un pas hésitant.

— Ne devrais-je pas faire cela à votre place, puisque vous êtes prince ? demanda-t-elle.

— Je suis capable de me servir du café ! J'ai eu la chance d'échapper à l'étiquette étouffante de la Cour et d'aller étudier aux États-Unis. Là-bas j'ai mené une vie normale et appris à me débrouiller seul. Je cuisine aussi très correctement.

Des meubles en rotin étaient disposés un peu plus loin autour d'une table basse. Eirik s'installa sur le canapé et s'amusa de voir Arielle choisir le fauteuil le plus éloigné de lui. À sa place, la plupart des femmes auraient saisi cette occasion de s'asseoir près de lui, et peut-être ensuite de pencher un peu vers lui en tripotant leurs cheveux… Les ruses féminines lui étaient familières. Il avait capté les regards que lui lançait Arielle en douce à table. Si son attitude réservée était destinée à attirer son attention, c'était réussi.

Il se renversa contre les coussins, étirant ses longues jambes devant lui. La nuit était claire, le ciel piqueté de myriades d'étoiles scintillantes qui se multipliaient si l'on essayait de les compter. Le chuintement des vagues sur la grève aurait dû l'apaiser, mais de sa vie il ne s'était senti aussi agité. Il s'arracha tant bien que mal aux idées que lui inspirait la bouche pulpeuse de sa convive, qui l'avait rendu fou pendant tout le dîner, pour entamer la conversation.

— Je suppose que c'est votre passion pour l'océan qui vous a conduite à soutenir l'action de Clean Sea ?

Arielle hocha la tête.

— J'ai toujours voulu travailler dans ce domaine. J'ai un master en sciences de la mer et protection de la vie marine. Pendant un an, j'ai porté un projet de nettoyage des fonds marins de la région pour récupérer le plastique ainsi que les restes de matériel de pêche. Mais l'argent a fini par manquer, ajouta-t-elle en soupirant. Les financements sont encore aléatoires et les offres de postes en Cornouailles trop rares. Alors je me suis mise à créer des objets à partir de déchets plastiques non recyclables et j'ai adhéré à un collectif adossé à Clean Sea. Cinquante pour cent de nos bénéfices vont aux projets de protection du milieu marin. Il y a bien sûr des coûts de production à prendre en compte… Je ne serai jamais riche, conclut-elle avec un petit sourire désabusé. Le travail de fourmi de ces organisations entame à peine la montagne de déchets présente dans les océans, mais c'est mieux que rien !

La passion d'Arielle pour cette cause se révélait contagieuse. Suspendu à ses lèvres, Eirik se demanda, un peu rêveur, si elle montrerait la même ardeur au lit.

Il jura dans sa barbe, agacé par cette obsession croissante.

— Avez-vous songé à chercher du travail plus loin d'ici ? Dans mon île, par exemple, la qualité de l'environnement est primordiale et nous sommes hélas à la traîne dans le traitement de ces problèmes par rapport à d'autres pays.

Cent ans plus tôt, le Fjernland avait adopté une Constitution, mais le prince régnant, chef de l'État, détenait encore le pouvoir exécutif. Eirik s'était souvent senti frustré par l'absence de vision de son père dans un monde qui évoluait rapidement. Niels, lui, avait pris la mesure des défis écologiques auxquels était confronté le Fjernland et soutenu ses efforts pour faire de la principauté un leader de la préservation de la nature.

— Il y a cinq ans, mon frère et moi avons créé l'Institut de recherche marine du Fjernland. Cet organisme emploie des spécialistes de divers horizons. Je suis sûr qu'il existe des opportunités quelque part dans le monde pour quelqu'un avec vos qualifications et votre motivation…

— Vous avez raison, dit Arielle à voix basse. J'ai repéré des annonces pour des postes à l'étranger. Un ou deux m'ont paru intéressants, j'ai même commencé à monter un dossier de candidature, et puis… Je trouve toujours une excuse pour retirer mon CV.

Elle se leva et s'éloigna vers la balustrade pour contempler la mer au clair de lune. Eirik admira ses courbes harmonieuses soulignées par la robe. L'aura de mystère que dégageait cette femme l'attirait comme un aimant. Il se hâta de la rejoindre.

— Pourquoi ces hésitations ? Qu'est-ce qui vous retient de quitter votre village ? Un petit ami, peut-être ?

Il avait noté qu'elle ne portait pas d'alliance, mais elle avait peut-être un compagnon ? Cette pensée lui était étrangement désagréable.

— Non, répondit Arielle avec un sourire en coin. Mes anciens camarades de classe sont presque tous casés, certains ont même fondé une famille. Le choix est très restreint à Penash… De toute façon, personne ici ne s'intéresse à moi.

— C'est difficile à croire, commenta Eirik.

Avec les yeux qu'elle avait, deux puits d'émeraude assez profonds pour se noyer dedans, et cette bouche si engageante qu'il se retenait à grand-peine de la dévorer…

— C'est la vérité. Personne n'a envie de s'engager avec moi à cause… de mes cheveux fous.

Elle enfouit les doigts dans sa crinière rouge avec un petit rire qui sonnait un peu faux.

— Vos cheveux sont incroyables, murmura-t-il.

Incapable de résister, il leva la main et enroula une mèche soyeuse autour de son doigt.

— Vous êtes belle, intelligente… Et si courageuse, ajouta-t-il, se remémorant soudain la raison officielle de leur dîner en tête à tête ici ce soir. Venez, rentrons. J'ai quelque chose pour vous.

3.

— C'est très gentil, mais je ne peux pas accepter, déclara Arielle d'un ton ferme.

En ouvrant le petit écrin que lui tendait Eirik, elle avait découvert, ahurie, un ravissant bracelet serti de diamants étincelants et manifestement de grande valeur.

— Si ce n'est pas votre style, dit le prince, Gustav vous fera parvenir un autre choix. Vous préféreriez peut-être un collier ? Ou des pendants d'oreille ?

Comme elle secouait la tête, Eirik se rembrunit.

— Vous avez risqué votre vie pour sauver la mienne, le moins que je puisse faire est de vous offrir un modeste gage de gratitude…

— Ce ne sera pas nécessaire, murmura Arielle, la gorge serrée. J'ignorais que vous étiez prince lorsque je vous ai vu en difficulté au large. J'aurais aidé n'importe qui. Je n'en attendais absolument aucune récompense.

Elle rabattit le couvercle de l'écrin. Par ce cadeau de prix, son acte de compassion se voyait rabaissé au rang de marchandise. Et puis, elle se sentait si bête. Le prince avait flirté avec elle toute la soirée, tout à l'heure sur la terrasse elle avait même cru dans un moment d'égarement qu'il allait l'embrasser, et cela lui aurait plu, en toute franchise… Ce bracelet venait lui rappeler à point nommé que son hôte n'était pas intéressé par sa personne et que cette invitation à dîner n'était qu'un geste de politesse destiné à la remercier de son intervention.

Cet homme était de sang royal et grand collectionneur de conquêtes de surcroît. Toute femme croisant son chemin avait sûrement, comme elle, la sensation d'entrer de plain-pied dans un conte de fées. Arielle s'en voulut d'être tombée sous le charme de la personnalité charismatique du prince Eirik. À sa décharge, elle ne s'était jamais trouvée confrontée à un sex-appeal aussi puissant. Même Jack, dont elle s'était crue amoureuse, ne l'avait jamais émoustillée à ce point.

Il était temps de revenir sur Terre. Arielle rendit l'écrin à Eirik. Comme il ne faisait pas mine de le récupérer, elle le posa sur la table et chuchota :

— Je ferais mieux de partir maintenant. Il est tard.

22 heures, c'était encore une heure raisonnable, mais il lui tardait que cette soirée s'achève. En rentrant au cottage, elle suspendrait sa belle robe dans l'armoire et la contemplerait de temps à autre pour se rappeler qu'elle avait passé l'âge de rêvasser bêtement sur des princes charmants.

— Si je vous ai offensée je m'en excuse, dit Eirik d'un ton soucieux. Loin de moi cette intention…

— Pas du tout, lui assura Arielle d'une voix un peu trop enjouée.

Son pouls s'accéléra comme le prince se rapprochait d'elle.

— Restez encore un peu, fit-il. J'ai plaisir à discuter avec vous.

L'eau de toilette épicée du prince, riche d'effluves subtils et très masculins, éveilla comme un petit frisson doux dans son ventre, mais il fallait tenir bon.

— Je dois vraiment y aller, dit-elle. J'ai travaillé d'arrache-pied pour terminer une commande d'un grand magasin londonien. C'est une chance unique de mettre mes produits en valeur. Il faut que je finisse d'emballer les bijoux avant l'arrivée du coursier demain matin.

— Votre travail est manifestement important pour vous…

Elle détecta une pointe de contrariété dans sa voix. Le prince n'était sans doute pas habitué à essuyer un refus de la part d'une femme. Quelque part, cela la consola un peu. Elle n'était pas la première à se laisser chambouler par cette beauté injuste… ni la dernière.

Il prit le châle qu'elle avait abandonné sur un dossier de chaise capitonnée et le drapa adroitement autour de ses épaules. Son souffle chaud lui caressa la nuque.

— Si je ne peux pas vous convaincre de changer d'avis, dit-il, je peux tout au moins vous raccompagner à la voiture.

Alors qu'elle regrettait presque sa décision de partir, Eirik s'éloigna vers la porte d'un pas décidé. Elle le suivit et dans l'ascenseur qui les emmenait sans bruit vers le hall elle évita son regard curieux, très consciente de la tension électrique régnant dans la petite cabine.

Ils quittèrent l'hôtel par la porte de derrière. Arielle retint son souffle en passant devant les cuisines, mais Danny Bray resta invisible. Eirik lui fit traverser le parking réservé au personnel jusqu'à un vieux pick-up qui semblait sortir d'une ferme du coin, les roues maculées de boue, la carrosserie toute bosselée.

— Les paparazzis qui campent devant l'hôtel ne me remarquent pas lorsque je passe devant eux au volant de cet engin, expliqua-t-il devant son air surpris en lui proposant sa main pour l'aider à grimper sur le siège passager.

Il comptait donc la raccompagner lui-même jusque chez elle ! Le cœur d'Arielle repartit au galop. Elle lui indiqua le chemin du cottage, et le trajet s'effectua en silence, le prince concentrant toute son attention à la route qui sinuait vers le sommet des falaises.

— C'est franchement isolé, commenta-t-il alors que le pick-up franchissait une barrière canadienne près d'une vieille pancarte indiquant « Rowse Farm ». Vous élevez du bétail ?

Arielle se crispa. Avait-il reconnu le nom du plus célèbre criminel des Cornouailles ?

— Non, plus maintenant.

La lune avait disparu derrière les nuages. L'obscurité était dense. Eirik s'arrêta dans la cour et coupa le moteur.

— Vous n'avez jamais peur, habitant seule ici ?

— Je ne crains pas les fantômes, si c'est ce que vous avez en tête.

La lampe de la véranda était éteinte. Arielle était sûre de l'avoir allumée en partant, mais, vu l'âge des câbles dans le cottage, les ampoules avaient une fâcheuse tendance à griller.

Eirik vint lui ouvrir la portière. Troublée, Arielle dédaigna sa main tendue et sauta à terre. Son talon se coinça entre deux pavés, elle aurait perdu l'équilibre s'il ne l'avait rattrapée au vol.

— Laissez-moi vous aider, vos chaussures ne sont pas idéales sur ce terrain.

Il aurait été grossier de sa part de refuser. Ces manières chevaleresques étaient si nouvelles pour elle ! Un frisson la parcourut lorsqu'il glissa un bras autour de sa taille pour accompagner sa marche sur le sol inégal. Parvenu sous la véranda, il l'éclaira avec la lampe de son téléphone tandis qu'elle enfilait la clé dans la serrure. La porte, qui donnait directement dans le salon, s'ouvrit enfin. Arielle inspira à fond.

— Merci de m'avoir raccompagnée.

— Tout le plaisir était pour moi.

Elle attendit qu'il s'éloigne pour refermer la porte, mais il ne bougea pas d'un pouce. Son visage taillé à la serpe se découpait dans le halo du plafonnier qu'elle venait d'allumer.

— Eh bien, bonne nuit, murmura-t-elle.

— Vous pourriez me proposer un café…

— Je n'ai pas de café. Je ne prends que du thé, c'est moins cher. Est-ce que vous buvez du thé ?

— Tout le temps.

La lueur espiègle dans ses yeux acheva de la déstabiliser. Un léger soupir lui échappa. Autant se l'avouer, elle n'avait pas envie, tout compte fait, que la soirée s'achève si tôt.

— Dans ce cas, dit-elle, aimeriez-vous entrer ?

— Merci.

Face à son sourire carnassier, Arielle se demanda s'il ne la voyait pas comme une proie.

— Attention aux poutres, dit-elle en le précédant.

— Quel âge a cette maison ? demanda-t-il, balayant des yeux le salon.

— Environ deux cents ans.

Trouvait-il l'endroit pittoresque ou juste étriqué ? Depuis que son père avait été enfermé en prison, elle avait recouvert le vieux canapé de tissus de couleurs vives et accroché aux murs quelques peintures de sa mère, afin de créer une atmosphère plus douillette.

— La cuisine était autrefois une porcherie et les chambres sont à l'étage, là où on stockait le foin. Vous feriez mieux de vous asseoir, ajouta-t-elle, remarquant que la tête de son invité effleurait le plafond.

Le prince dominait la petite pièce, et ce n'était pas seulement le fait de sa carrure athlétique. Il dégageait un magnétisme qui l'aurait distingué n'importe où dans une foule.

— Je vais brancher la bouilloire, dit-elle, le souffle court.

Néanmoins, elle n'esquissa pas un geste. Son cœur battait la chamade maintenant.

— Vous n'êtes pas un grand amateur de thé, n'est-ce pas ? s'entendit-elle demander.

— Non.

Un sourire au coin des lèvres, le prince Eirik traversa le salon en deux enjambées et vrilla sur elle un regard intense. Arielle frissonna.

— Alors… Que faites-vous ici ?

— Vous m'avez embrassé, dit-il. Je n'arrive pas à oublier vos lèvres pressées sur les miennes.

Son timbre rauque donna la chair de poule à Arielle, qui se sentit rougir.

— Ce n'était pas un baiser à proprement parler. Vous aviez failli vous noyer, un bouche-à-bouche s'imposait.

Avec un petit rire, il glissa les doigts sous son menton pour relever son visage.

— Vous pouvez vous raconter ce qui vous chante, mais vous m'avez embrassé, *skatta,* et ça m'a plu. Beaucoup. Tellement, en fait, que nous devrions nous embrasser maintenant pour de bon, il me semble. Qu'en dites-vous ?

La tête vide, Arielle chercha en vain une réplique désinvolte de nature à apaiser la tension qui vibrait dans l'air et jusque dans son corps en émoi. Ses seins lui semblaient lourds tout à coup, son ventre se crispait. À sa propre stupeur, elle s'imagina soudain pressée contre lui, dégrafant son pantalon tandis qu'il retrousserait sa robe pour glisser la main entre ses cuisses. Que lui arrivait-il, bon sang ? Elle qui ne s'était jamais jetée dans les bras d'un homme…

Le prince l'enlaça et se pencha sur ses lèvres, les yeux étincelants. Non seulement elle ne fit rien pour l'arrêter, mais elle se laissa aller dans ses bras, sa chaleur, son odeur masculine si grisante.

— Vous m'avez ramené à la vie l'autre soir, murmura-t-il, effleurant sa bouche une fois, deux fois, à petits coups de langue nonchalants.

Arielle frémit d'impatience, pressentant d'instinct que ces baisers légers, presque joueurs, étaient un prélude à la passion croissant inexorablement entre eux. Une plainte sourde lui échappa lorsque la langue douce s'invita entre ses lèvres. Eirik grogna en retour et le baiser s'approfondit, jusqu'à devenir franchement érotique. Arielle se coula contre lui. La réalité s'estompait à toute vitesse…

— *Du er smukke,* chuchota-t-il contre ses lèvres.

Il sourit devant son air perplexe.

— Tu es très belle, traduisit-il.

— Je ne crois pas que…

Il la fit taire d'un nouveau baiser étourdissant.

— Mieux vaut ne pas réfléchir, ce sont les sensations qui comptent. Voyez plutôt l'effet que vous me faites, dit-il d'une voix altérée, laissant glisser une main sur ses reins pour l'amener tout contre lui. Si nous poursuivions ceci là-haut dans la chambre ? Je veux vous faire l'amour et vous en avez envie aussi, n'est-ce pas, ma petite sirène ?

Oui, elle en avait envie, et comment ! Elle était en feu. Eirik l'embrassait comme un mort de faim et elle répondait à sa fougue avec une impudeur qu'elle ne se connaissait pas, une sensation d'urgence même, qui la pressait d'emmener cet homme à l'étage, droit dans son lit.

Elle pensa soudain à sa chambre minuscule, au petit lit dans lequel elle dormait depuis l'enfance. Cette intrusion du réel la doucha. Le mur portait encore la fresque peinte par sa mère, figurant une princesse dans un château. Il y avait bien une autre chambre plus grande juste en face, mais son père avait dormi là et jamais elle n'y mettait les pieds.

Elle se raidit brusquement dans les bras d'Eirik, qui se détacha de ses lèvres et la considéra d'un air interrogateur.

— Nous… Nous devrions ralentir, bredouilla-t-elle. Passer directement du dîner au lit, c'est un peu rapide, non ?

Il relâcha lentement son souffle et laissa retomber ses mains sur les côtés.

— Pardonnez mon impatience. J'ai très envie de vous, et nous n'avons qu'une nuit devant nous.

Un vent glacé souffla brutalement le grand feu qu'Eirik avait allumé dans ses veines.

— Que se passera-t-il après cette nuit ? demanda-t-elle d'une petite voix.

— Je dois rentrer au Fjernland pour prendre le titre officiel de prince héritier. La santé de mon père, le prince souverain, décline et puisque mon frère est décédé, il est de mon devoir de me préparer pour le jour où je lui succéderai.

La voyant tétanisée, il plissa les yeux et ajouta :

— Vous et moi ne pourrons jamais être que deux étoiles filantes entrant brièvement en collision avant de poursuivre leurs trajectoires respectives…

— En Angleterre, on appelle ça un coup d'un soir, répliqua sèchement Arielle.

Quelle idiote d'avoir cru qu'Eirik s'intéressait à sa personne, alors qu'il cherchait du sexe, rien d'autre !

Peut-être serait-il moins enthousiaste s'il apprenait que son expérience en la matière se limitait à une unique relation désastreuse. Jack s'était endormi aussitôt après l'amour, la laissant inassouvie, un fiasco dont elle s'était sentie responsable. Souvent, en arrivant chez lui, elle trouvait des piles de vaisselle et de linge sale laissées à son intention. Il la traitait comme une servante plus que comme une petite amie, mais c'était sa première vraie relation et elle n'en attendait pas grand-chose, ayant grandi avec un père acariâtre qui l'obligeait à faire le ménage et la cuisine depuis la mort de sa mère.

Jack l'avait attirée en partie parce qu'elle pensait alors qu'il ignorait tout de son père. Par la suite, il lui avait avoué s'être intéressé à elle après avoir appris qu'elle était la fille de Gerran Rowse, persuadé qu'elle savait où était caché l'argent de la drogue. Découvrir qu'il avait fait semblant de l'aimer avait ébranlé un peu plus sa confiance en soi déjà fragile. Rencontrerait-elle un jour un homme simplement désireux de sa compagnie ?

— Vous devriez partir, je crois, dit-elle à Eirik.

Les dents serrées, il la contemplait d'un air hautain qui lui rappela, s'il en était besoin, qu'ils venaient de pays, mais aussi de mondes différents.

— Nous nous sommes laissé entraîner tous les deux. Il n'y a rien de mal à ce que deux adultes consentants passent ensemble une nuit agréable. Qu'attendiez-vous d'autre ?

— C'est bien le problème, dit Arielle. Je n'attends jamais rien. Il est peut-être temps que cela change. Partez, s'il vous plaît.

Qu'il disparaisse vite, avant qu'elle ne se ridiculise davantage et éclate en sanglots… ou pire, le supplie de rester.

Il la regarda comme s'il n'en croyait pas ses oreilles. Sans un mot, il lui tourna le dos et alla ouvrir la porte.

La brise avait forci au-dehors. Par-dessus le gémissement d'une tuile du toit mal fixée et les craquements de l'aubépine voûtée par des années de vent querelleur, Arielle entendit claquer la porte de la grange. Comme Eirik émergeait sous la véranda, quelque chose crépita sous son pied. Il se pencha pour le ramasser. Un éclat de verre.

— Je ne l'avais pas remarqué en arrivant tout à l'heure, mais on dirait bien que l'ampoule a été délibérément détruite.

Il se baissa de nouveau vers le paillasson. En se redressant, il tenait un caillou dans sa main.

La porte de la grange battait toujours.

— Je suis sûre d'avoir fermé l'atelier à clé, murmura Arielle.

Elle alla prendre la lampe torche sur le buffet et se délesta de ses escarpins pour enfiler les bottes en caoutchouc rangées derrière la porte.

— Attendez-moi ici, je vais aller vérifier, déclara Eirik, la main tendue vers la lampe.

Au vu de son expression déterminée, protester aurait été une perte de temps. Arielle lui confia donc sa lampe torche, mais lui emboîta le pas jusqu'à la grange de l'autre côté de la cour.

Sur la porte, le cadenas était brisé. Arielle porta la main à sa gorge.

— Quelqu'un n'a pas chômé ici, marmonna Eirik en ramassant une barre de fer près du mur. Voilà l'arme du crime, je suppose…

Il poussa la porte. Arielle alluma le néon qui clignota au plafond quelques secondes avant que la lumière ne jaillisse.

— Oh ! non !

Elle mit un moment à enregistrer la scène s'offrant à ses yeux. Un vrai spectacle de désolation. Les cartons emballés avec soin pour être expédiés à Londres étaient ouverts et tout déchirés, et les bijoux écoresponsables créés avec grand soin et souvent dans la douleur, fracassés, saccagés…

Elle promena autour d'elle des yeux hagards. Sa table de travail, renversée, gisait à terre parmi les vestiges de sa collection de verre dépoli éparpillés un peu partout, en miettes. Elle ramassa deux moitiés d'un fragment de verre rose, fendu sans doute par le marteau abandonné sur le sol juste à côté.

— C'était le tout premier de ma collection, murmura-t-elle. Le verre dépoli rose est rare. Je l'ai trouvé au fond de l'eau un jour où je nageais avec ma mère. Il me faisait penser à elle…

C'était idiot de pleurer un morceau de verre brisé. Un sentiment de honte l'envahit à l'idée d'avoir attaché autant de valeur à des trésors de pacotille ramassés sur la plage. En réalité, elle avait fui la vraie vie en s'enfermant dans cet atelier, hantée par son passé, trop effrayée pour affronter l'avenir.

— Tout est détruit…

Sa voix se brisa.

— Arielle…

— S'il vous plaît, dit-elle, laissez-moi seule.

— J'appelle la police, répliqua-t-il en sortant son portable.

— Non !

Elle se rapprocha de lui, priant pour qu'il n'ait pas remarqué le graffiti tracé sur le mur à la peinture rouge.

DU SANG SUR TES MAINS

Beaucoup ici croyaient qu'elle avait menti pour protéger son père après le meurtre du jeune officier de police… Arielle revit Danny Bray l'accusant d'avoir repris le trafic de drogue. Bien sûr, il ne pouvait pas se douter que la limousine aux vitres teintées venue stationner devant le cottage était conduite par le secrétaire particulier du prince Eirik…

— Pourquoi ne pas porter plainte ? se récria Eirik.

— Cela suscitera plus de haine encore. Les pêcheurs m'en veulent de soutenir un projet qui les oblige à utiliser des filets biodégradables plus coûteux pour réduire le plastique dans les déchets de pêche en mer. Je comptais quitter Penash de toute façon. Désormais je n'ai plus aucune raison de rester.

— Où irez-vous ? demanda Eirik.

Il se passait quelque chose ici qu'il ne comprenait pas. Arielle évitait son regard. Sa réticence à prévenir la police l'intriguait d'autant plus que ses explications sur la colère des pêcheurs ne l'avaient pas convaincu.

Elle enroula frileusement les bras autour de sa taille.

— Je n'ai pas de plan arrêté, concéda-t-elle.

— Eh bien, je vous suggère d'en trouver un, et vite ! Entre-temps, y a-t-il un endroit où vous serez en sécurité ? s'enquit-il, songeant à l'ampoule brisée sous la véranda. Les vandales qui ont détruit votre atelier pourraient bien projeter de revenir s'introduire dans le cottage, cette fois.

— Non, cela n'arrivera pas.

Elle se mordit la lèvre. Fasciné malgré lui, Eirik fixa cette bouche dont la douceur lui avait laissé un souvenir vivace.

— Ma meilleure amie a déménagé en France l'an dernier après son mariage et je n'ai pas d'autre ami proche à Penash. Je vais suivre votre conseil et postuler à l'étranger.

— Cela prendra un certain temps.

Eirik se frotta la joue. L'idée qui lui venait n'avait rien de raisonnable, mais sa conscience lui interdisait de quitter les Cornouailles en laissant Arielle à la merci de voyous.

— Je reprends l'avion demain pour le Fjernland. Je veux que vous veniez avec moi.

Arielle écarquilla les yeux.

— Mais… vous parliez de nos trajectoires différentes…

Eirik soupira, vexé de se voir rappeler sa drague grossière, digne d'un adolescent surchargé d'hormones. Ce n'était pas son style, loin de là. Le désir lui tournait la tête… Il s'était montré honnête avec elle, toutefois. Il ne fallait surtout pas qu'elle s'imagine qu'il avait davantage à offrir, qu'il recherchait autre chose qu'une nuit de plaisir partagé.

— Ne vous méprenez pas, dit-il avec un petit sourire. Je me propose de vous aider à quitter Penash, mais cela n'a rien à voir avec ce qui s'est passé, ou ne s'est pas passé, entre nous. J'ai une dette envers vous depuis que vous m'avez sauvé la vie. Vous voulez relancer votre carrière ? J'ai les moyens de faire aboutir ce projet.

À ces mots, les yeux émeraude lancèrent des éclairs.

— Vous ne me devez rien du tout. Et vous n'avez pas à vous sentir responsable de moi !

Eirik sentit sa patience le lâcher.

— Êtes-vous toujours aussi têtue ? Vous disiez vouloir travailler à l'étranger, n'est-ce pas ? Or on m'a parlé d'un poste temporaire bientôt disponible à l'Institut de recherche marine du Fjernland. Le directeur est un ami. Sa femme, Frida, travaille sur un projet d'étude des effets de la pollution aux microplastiques des océans, mais elle va mettre au monde d'un jour à l'autre son premier enfant et compte prendre un long congé maternité pour s'occuper du bébé. Je donnerai votre CV à Valdemar. Il vous faudra ensuite en passer par un entretien en bonne et due forme, mais avec vos qualifications et votre expérience, vous avez de grandes chances de décrocher ce poste, à mon avis.

— Je ne parle pas le fjernlandais…

— Ce n'est pas un problème. Tous les Fjernlandais apprennent l'anglais à l'école dès l'âge de cinq ans.

Eirik fut interrompu par la sonnerie de son portable. Il jeta un coup d'œil à l'écran. Son Altesse sérénissime la princesse Hulda. Sa mère qui, loin de montrer un peu de compassion après son naufrage, s'était bornée à lui reprocher vertement sa décision de participer à l'AII qui avait failli coûter la vie au prince héritier qu'il était… Un appel en pleine nuit de sa part était assez inattendu. Il décrocha en soupirant.

La princesse ne prit pas la peine de le saluer.

— Que fais-tu encore en Angleterre ? Je pensais que tu rentrerais aussitôt remis. Ta présence est requise ici.

Elle parlait avec sa brusquerie coutumière, mais Eirik perçut une note d'émotion très rare dans sa voix.

— Ton père vient d'être hospitalisé. Sans doute une crise cardiaque. S'il décède, tu deviendras le nouveau monarque.

4.

— Était-ce une sage décision d'inviter Mlle Tremain à vous accompagner ? murmura Gustav.

Eirik suivit le regard de son secrétaire particulier vers l'autre côté de l'allée du jet. Recroquevillée dans son fauteuil en cuir, Arielle dormait profondément. Ce n'était guère surprenant, à 1 heure du matin. Eirik, lui, se sentait trop tendu pour fermer l'œil.

— Tu penches pour la négative, on dirait, répliqua-t-il.

— Au vu des circonstances, avec votre père à l'hôpital, je me disais simplement que vous préféreriez éviter les… distractions.

— Je viens de parler avec ma mère. Il semble que l'hypothèse de la crise cardiaque ait été écartée. Son Altesse sérénissime souffre d'une péricardite, une inflammation dans la zone du cœur causée par une infection virale. Il devrait être bientôt complètement remis.

— Je suis très heureux de l'entendre, commenta Gustav en acceptant le siège que lui désignait Eirik. Vous devez être extrêmement soulagé.

— Bien sûr.

À la nouvelle que son père était hors de danger, un poids avait quitté ses épaules. Un sursis lui était accordé avant de régner. Plus étonnant, une vague d'émotion avait déferlé en lui. Il ne s'était jamais senti très proche du prince Otto qui ne jurait que par Niels, son fils aîné, mais récemment père et fils avaient passé davantage de temps ensemble afin de préparer la succession et un timide rapprochement s'était esquissé entre eux. Le prince Otto s'était adouci depuis son combat contre un cancer, deux années durant. Tout était rentré dans l'ordre ensuite, mais cette nouvelle alerte médicale aujourd'hui confortait la princesse Hulda dans sa détermination à le convaincre d'abdiquer en faveur de l'héritier survivant. Son mari avait toutefois déclaré qu'il ne se retirerait pas avant que celui-ci ait pris femme.

Eirik se remémora le dernier échange téléphonique avec sa mère.

« Il est impératif que tu élises une future épouse et que les noces soient organisées au plus tôt. La fille du baron Lundberg est idéale à tous points de vue. Charmante, gracieuse, issue d'une des plus anciennes familles nobles du Fjernland et…

— Réfrigérante.

— Ne sois pas ridicule ! Si tu ne veux pas d'elle, j'ai plusieurs autres prétendantes acceptables sur ma liste.

— Sérieusement, mère, vous avez dressé une *liste ?*

— Bien sûr ! Tu disposais de plus d'un an pour faire ton choix, mais tu ne t'es pas donné cette peine. Si ton frère était encore en vie ce serait plus simple. Niels aurait épousé la princesse Catalina et ton père aurait abdiqué en sa faveur. »

Pour une fois, la princesse s'était retenue d'ajouter : « Si seulement tu n'avais pas suggéré ce séjour de ski ! », mais l'accusation implicite avait réveillé chez lui un sentiment de culpabilité aussi familier que déchirant.

Bien sûr, Ida Lundberg présentait le profil idéal – ce qu'elle n'avait pas manqué de souligner lors de leurs rencontres dans des événements officiels cette année. Plus que sa compagnie, Eirik la soupçonnait de guigner avant tout le titre de princesse consort. Elle était réputée dans la haute société européenne pour son élégance sophistiquée. Difficile de l'imaginer nageant dans une mer en furie vêtue d'une queue de sirène…

Une force invisible tourna son regard vers Arielle et ses boucles rousses domptées en une tresse épaisse. Avant de quitter le cottage des Cornouailles elle avait troqué sa robe noire sexy contre un jean et un pull en laine qui moulait ses seins fermes, vert sombre, de la même couleur que ses yeux, cachés en cet instant sous ses paupières closes. De longs cils auburn caressaient ses joues rosies. Sous l'œil gauche, se dessinait une petite cicatrice à peine visible qui n'en finissait pas de l'intriguer.

Diable ! Il avait envie de tout savoir sur Arielle Tremain. C'en devenait même inquiétant. S'il aimait s'amuser au lit, jamais il ne se laissait piéger dans une relation. Ce besoin désespéré de dévorer les lèvres pulpeuses d'Arielle, de se perdre dans la sensualité libre, naturelle, de ses baisers, avait quelque chose de préoccupant.

Des images de l'atelier d'Arielle saccagé lui revinrent en mémoire. Dire qu'elle s'était inquiétée pour lui à la nouvelle que le prince Otto était à l'hôpital, alors que son gagne-pain venait d'être réduit en miettes ! Elle avait posé la main sur son bras, et la douceur, la compassion dans son regard l'avaient bouleversé. « J'ai besoin que vous veniez avec moi », s'était-il entendu déclarer. D'où étaient venues ces paroles ? Aussi loin que remontaient ses souvenirs, seul son frère s'était frayé une place dans son cœur, gelé depuis. Arielle avait paru aussi choquée que lui. Il avait pourtant insisté. Elle lui avait sauvé la vie, son tour était venu de l'aider. Il la présenterait au directeur de l'Institut, à qui reviendrait la décision finale.

Il avait enfin souligné qu'ils ne se reverraient sans doute plus, tant il serait accaparé par ses devoirs royaux.

À juste titre, songea tristement Eirik. À la seconde où le jet atterrirait au Fjernland, sa vie ne lui appartiendrait plus. Il se rendrait directement au chevet de son père à l'hôpital, puis au palais, où, avec un peu de chance, il s'accorderait un petit temps de sommeil avant d'attaquer une longue journée de réunions avec les conseillers royaux, en sa qualité de régent. Où trouverait-il le temps de se laisser distraire par une sirène à la chevelure de feu ?

À côté de lui, Gustav toussota.

— Je me demandais quels étaient vos projets pour le séjour de Mlle Tremain au Fjernland. Puis-je suggérer que ce ne serait pas une bonne idée d'apparaître avec elle en public ? Des reporters seront nécessairement postés devant l'hôpital et le palais Sejrrig.

Bien sûr, la nouvelle de l'hospitalisation du prince Otto avait fuité dans la presse. Des paparazzis campaient sûrement aussi au pied de son appartement-terrasse. Non qu'il ait envisagé d'y emmener Arielle. C'était tentant, mais le devoir passait avant le plaisir désormais.

Néanmoins, Arielle devait poser ses bagages quelque part jusqu'au jour du rendez-vous qu'il lui organiserait à l'Institut. Un hôtel ? Sa conscience lui reprochait déjà de l'abandonner dans un pays étranger.

Il fallait un lieu inconnu des journalistes et loin des ragots du palais, excentré de préférence… Auprès d'une personne discrète en qui il aurait toute confiance.

La princesse Catalina. Comment n'y avait-il pas pensé plus tôt ? Catalina le comprenait mieux que quiconque, un lien solide s'était tissé entre eux par la grâce de leur chagrin partagé à la mort de Niels. Il lui envoya un texto sur-le-champ tandis que son secrétaire piquait du nez sur le siège voisin, rattrapé par la fatigue.

Eirik se leva et pressa la commande pour incliner son fauteuil avant de l'envelopper d'une couverture. Gustav était un adolescent bourru de seize ans lorsqu'il avait été désigné comme écuyer du prince cadet. Au fil des ans, il était devenu un ami loyal et sûr, un meilleur père même que le prince Otto, sous bien des aspects.

Cela fait, Eirik se tourna vers Arielle et croisa son regard. Comme elle s'étirait, son pull remonta légèrement, révélant une parenthèse de chair nue au-dessus de la ceinture du jean. Eirik frémit malgré lui, tout émoustillé.

Faen !

Le juron faillit lui échapper. Il n'avait pas le souvenir d'avoir convoité aussi violemment une femme. Pour un homme habitué à se contrôler, il était déconcertant de découvrir que son corps avait une volonté propre.

— Nous arriverons au Fjernland dans une petite heure, annonça-t-il.

Arielle étouffa un bâillement.

— J'ai l'impression que Gustav ne me voit pas d'un bon œil…

— Possible. Il pense que vous pourriez créer des problèmes.

Elle haussa les sourcils.

— Quel genre de problèmes ?

— Il sait que je vous trouve désirable, répondit Eirik avec une franchise qui l'étonna lui-même.

Les pommettes hautes d'Arielle rosirent joliment.

— Vraiment ?

— Allons, ne faites pas l'innocente… Nous ressentons tous deux cette alchimie entre nous, cette électricité, qu'importe le nom qu'on lui donne.

Elle se mordilla la lèvre, mais s'abstint de le contredire.

— L'inquiétude de Gustav est sans fondement, reprit-il d'un ton rassurant. Nos étoiles ont brièvement tourné sur la même orbite, mais désormais nos vies respectives vont prendre des chemins différents. Vous voulez lancer votre carrière, moi je vais bientôt diriger mon pays.

Arielle ferma les yeux et se renversa contre son dossier, mais elle n'avait plus sommeil après avoir dormi deux heures. Le choc à la vue de son atelier détruit l'avait terrassée. C'était l'œuvre de Danny Bray, à coup sûr, mais si elle avait porté plainte Eirik aurait pu découvrir la vérité sur son père.

Elle coula un regard discret de l'autre côté du couloir. Le prince avait ouvert son ordinateur portable et ne lui prêtait plus aucune attention. Cet homme était une énigme, songea-t-elle, la gorge serrée. Juste après avoir confessé son désir, il lui avait signifié qu'ils ne se reverraient plus au Fjernland du fait de son agenda chargé. Clairement, il n'aurait aucun mal à la chasser de son esprit. Elle doutait de parvenir à l'oublier avec la même facilité. C'était idiot de se sentir blessée à l'idée qu'il la laisserait tomber après l'avoir présentée au directeur de l'Institut. D'un autre côté, cela confirmait son impression quelques heures plus tôt au cottage – ce qu'il voulait alors, c'était une nuit de sexe avec elle, rien de plus.

Et s'il avait offert de l'aider à s'expatrier, c'était, de son propre aveu, parce qu'il se sentait redevable envers elle depuis qu'elle lui avait sauvé la vie. Toujours est-il qu'elle avait enfin quitté le petit cottage dans lequel la retenait prisonnière l'emprise paternelle puis, une fois son père parti en prison, un manque de confiance en soi chronique. C'était à peine croyable. L'idée de vivre et travailler au Fjernland l'emplissait d'un mélange d'excitation et d'impatience.

Son unique voyage à l'étranger, c'était en France, pour le mariage de sa meilleure amie et ancienne camarade de classe. Flora aussi avait été harcelée à l'école, parce que sa mère avait la réputation de collectionner les amants au village. Elle menait aujourd'hui la belle vie avec Jean-Luc, propriétaire d'un vignoble en Provence. Tout en se réjouissant pour son amie, Arielle l'enviait un peu. Rencontrerait-elle un jour un homme qui s'engagerait à l'aimer et la chérir ? Elle s'était souvent demandé si sa mère aimait son père au moment de l'épouser. Difficile d'imaginer Gerran capable d'amour et de douceur… Tomber amoureux, c'était un peu un saut dans le vide, or son enfance inquiète avait laissé des traces. D'ailleurs, songea-t-elle soudain, comment avait-elle pu se fier à Eirik au point de quitter les Cornouailles pour démarrer une nouvelle vie dans son pays ?

Elle tressaillit en entendant son prénom. Sans doute s'était-elle assoupie un moment. Eirik retira la main de son épaule comme elle s'étirait. Leurs regards se croisèrent. Arielle reconnut l'éclat du désir dans ses yeux azur avant qu'il ne se redresse vivement, comme si cette proximité le brûlait autant qu'elle.

— Nous allons bientôt atterrir, dit-il. Je dois me rendre à l'hôpital, mais d'abord je vous emmènerai chez une amie qui vous hébergera pour le restant de la nuit.

— Je peux aller à l'hôtel, plutôt que de déranger votre amie…

— Catalina vous attend. Attachez votre ceinture, ordonna-t-il avant de retourner s'asseoir, coupant court à l'échange.

Une voiture les attendait au bord du tarmac. Eirik lui avait expliqué que l'aéroport principal du Fjernland se trouvait en proche banlieue de la capitale, Ved Floden, mais ils avaient atterri sur un aérodrome privé. Il la fit monter à l'arrière et s'installa à côté d'elle tandis que Gustav prenait place à la droite du chauffeur.

La réprobation du secrétaire particulier du prince à son égard était palpable. Arielle détourna le regard vers la vitre, mais il faisait nuit noire et la route sinuait dans une forêt dense, qui finit par laisser place à une clairière improbable.

Le chauffeur s'arrêta devant une maison qui lui parut immense. Elle suivit Eirik jusqu'à la porte d'entrée, qu'un majordome vint leur ouvrir. Une fois à l'intérieur, ils furent bientôt rejoints par une femme à la beauté exotique, avec de longs cheveux noirs lustrés et un port de reine. Elle portait une sorte de caftan qui chuchotait autour de ses chevilles, si bien qu'elle semblait glisser sur le sol, les bracelets à ses poignets étincelant sous le chandelier.

— *Caro !* Quel plaisir de te voir ! lança-t-elle avec chaleur à Eirik avant de l'embrasser sur les deux joues.

— Lina… Je ne pensais pas que tu veillerais jusqu'à notre arrivée…

— Tu sais ce que c'est, soupira leur hôtesse. Je dors si mal.

— Voici Arielle Tremain. Arielle, puis-je vous présenter la princesse Catalina de San Sabinus ?

Une *princesse* ? Arielle esquissa une révérence, tout en essayant de situer San Sabinus. Une autre principauté, au large des côtes de l'Italie du Sud, lui semblait-il.

La princesse Catalina esquissa un pâle sourire qui n'atteignit pas ses yeux.

— Gerado va vous montrer votre chambre, miss Tremain.

Le majordome avait déjà en main son sac de voyage. Elle chercha ses mots, le cœur gros à l'idée qu'ils se voyaient peut-être pour la dernière fois.

— Je vous contacterai demain à propos de votre entretien à l'Institut de recherche marine, dit Eirik.

Aucune émotion ne transparaissait sur son beau visage. L'étincelle de désir à son égard avait complètement disparu.

— Merci, dit-elle du même ton sec avant de tourner les talons.

Se dirigeant vers le hall à la suite du majordome, elle entendit derrière elle la princesse demander à Eirik :

— Des nouvelles de ton père ?

— Son état est moins grave qu'on ne l'a d'abord cru.

— Dieu merci, cette tragédie-là te sera épargnée, *caro.*

Le lendemain, à son réveil, Arielle se sentit complètement désorientée. La nuit avait été chaotique et elle ne fonctionnait pas bien sans ses huit heures de sommeil. Une douche chaude lui rendit un peu d'énergie. En quittant le cottage elle avait juste eu le temps d'emporter de la lingerie de rechange ainsi qu'un nécessaire de voyage. Elle remit donc jean et pull et s'aventura enfin hors de la chambre à pas de loup jusqu'au rez-de-chaussée.

La maison était assez sombre, avec ces arbres tout autour qui bloquaient la lumière. Par une fenêtre du hall, Arielle aperçut toutefois le miroitement de l'eau dans le lointain, mais un bruit de pleurs l'attira vers la salle à manger. Le petit déjeuner était servi. Assise à table, son hôtesse avait le visage enfoui dans ses mains et ses sanglots déchiraient le cœur.

Partagée entre le devoir de respecter l'intimité de son hôtesse et l'empathie qu'elle portait chevillée au corps, Arielle s'approcha timidement.

— Pardonnez mon intrusion, murmura-t-elle. Y a-t-il quoi que ce soit que je puisse faire pour vous ?

— J'ai bien peur que non, répondit la princesse Catalina en abaissant les mains sous ses yeux rouges et gonflés. Asseyez-vous donc… Ainsi, vous êtes donc la sirène d'Eirik. Il m'a raconté comment vous lui aviez sauvé la vie.

Arielle, surprise, se raidit.

— Vous êtes amis, je crois ? dit-elle.

— Oui. J'étais fiancée à son frère, le prince Niels.

Bien sûr ! Voilà pourquoi ce nom lui avait paru familier. Un an plus tôt, la presse avait mentionné la fiancée du prince, éperdue de douleur.

— Je suis tellement désolée…

— Eirik aimait son frère aussi profondément que je l'adorais, déclara Catalina en soupirant. Depuis l'accident nous le pleurons ensemble. Nos vies respectives ont été bouleversées à jamais. Niels serait devenu souverain régnant et moi princesse consort. Le prince Otto souhaite abdiquer malgré tout au profit de son fils survivant, mais il a décrété qu'Eirik devait d'abord choisir une femme pour l'épouser et engendrer un héritier.

À ces mots, Arielle sentit une nausée lui soulever l'estomac.

— Eirik a-t-il quelqu'un en tête ? demanda-t-elle d'un ton qu'elle espérait détaché.

La princesse Catalina la contempla d'un air songeur.

— L'annonce officielle de ses fiançailles avec Ida Lundberg est attendue d'un jour à l'autre. Issue de la noblesse du Fjernland, elle a tout à fait le profil d'une princesse consort. Et les noces royales se préparent longtemps à l'avance.

La princesse se leva et rassembla autour d'elle le jupon de sa robe de soie.

— Restez, je vous en prie, profitez de votre petit déjeuner, dit-elle comme Arielle faisait mine de quitter sa chaise à son tour. J'ai cru comprendre qu'Eirik avait envoyé une équipe en Angleterre rassembler vos affaires afin qu'elles arrivent ici dans la matinée. Si l'envie vous prend d'aller nager, sachez que le lac est chauffé par géothermie et aussi agréable qu'un bain paraît-il, mais je n'ai pas testé.

Avant de sortir, elle se retourna sur le seuil.

— Une dernière chose. Je ne vous conseille pas de tomber amoureuse du prince. Il a certifié à ses parents qu'il se dévouerait à ses devoirs royaux. Il n'y aura aucune place dans sa vie pour les… distractions.

Encore ébranlée par la nouvelle des fiançailles imminentes d'Eirik, Arielle sentit ses joues s'échauffer.

— Jamais de la vie, affirma-t-elle avec élan.

Elle avait plutôt envie de l'étrangler…

— L'amour est à la fois la plus grande beauté et la plus grande tragédie qu'il nous soit donné de vivre, commenta son hôtesse d'une voix brisée avant de s'éclipser dans un frou-frou de soie.

Les montagnes au loin étaient couronnées de neige et à cette distance de l'équateur, plein Nord, le soleil de printemps n'offrait qu'une chaleur modérée. La température du lac géothermique se révéla néanmoins assez douce pour qu'Arielle s'immerge sans combinaison. Nager l'aidait toujours à évacuer le stress. Elle plongea dans les profondeurs de l'eau claire comme le cristal, propulsée par la monopalme qu'elle avait retrouvée avec le reste des bagages arrivés d'Angleterre. En remontant à la surface, elle se laissa flotter sur le dos, les yeux rivés au ciel sans nuages.

Son excitation au moment de quitter les Cornouailles la veille avait fait place à l'appréhension. À quoi ressemblerait son avenir dans ce pays étranger où elle n'avait qu'un léger espoir de trouver du travail et ne connaissait personne hormis le prince, lequel lui avait clairement notifié qu'il n'aurait pas de temps à lui consacrer ? Pour une fois dans sa vie elle avait agi de façon impulsive et maintenant les doutes l'assaillaient.

C'était idiot, mais elle était déçue que cette attirance flagrante entre eux n'ait aucune chance de devenir… Quoi donc, au juste ? Eirik s'était montré honnête avec elle en ne lui proposant qu'une nuit de plaisir. Elle ne pouvait s'en prendre qu'à elle-même si son cœur s'était emballé pour ce qui ressemblait tant à une romance de conte de fées. La réalité, c'était que le prince devait se marier. Et certainement pas avec une femme lestée d'un tel passé. Elle avait fait des recherches sur Internet. Les Lundberg remontaient à l'époque où les guerriers vikings se battaient pour l'indépendance du Fjernland. Et puis il y avait Ida. Une beauté blonde classique sur les photos, un modèle d'élégance et de raffinement jouissant d'une haute estime à la Cour. Elle avait tout d'une future princesse consort populaire auprès du peuple fjernlandais.

Dans ces conditions, pourquoi Eirik avait-il flirté avec elle ?

Facile, songea Arielle. Tandis qu'elle fondait dans ses bras, aveuglée par le désir, convaincue de percevoir de la tendresse dans son baiser, Eirik, lui, n'aspirait qu'à se défouler. À profiter à fond de sa dernière nuit de liberté avec une partenaire facile et disponible, avant de retrouver la vie de dévouement à la Couronne qui l'attendait au Fjernland… Une chance qu'elle ait su résister à son charme si puissant !

La vérité faisait mal, très mal. C'en était même ridicule. *Elle* était ridicule.

Furieuse contre elle-même, Arielle aspira une grande bouffée d'air et plongea. Parvenue à l'autre bout du lac, elle refit surface et se retourna vers la maison.

Une barque traversait le lac, droit vers elle.

Sous le soleil, Eirik semblait un dieu recouvert d'or jouant des muscles pour faire tourner les rames. Le cœur d'Arielle s'emballa. Elle ne s'attendait pas à le revoir, après le discours qu'il lui avait tenu sur ses obligations protocolaires. Comment avait-il pu se libérer aussi vite ?

Répugnant à l'affronter alors que tant d'émotions contradictoires l'agitaient, Arielle plongea de nouveau vers le fond dans l'espoir qu'il ferait demi-tour. Peine perdue… Levant les yeux, elle aperçut à travers l'eau claire la silhouette sombre de la barque. Pour finir, le besoin d'oxygène la propulsa vers la surface.

— Vous voilà, dit Eirik à voix basse.

À la vue de son sourire, le souffle qu'elle était en train de reprendre s'enraya. Il était si beau !

— N'êtes-vous pas un peu trop bien habillé pour une promenade en barque ? fit-elle sèchement observer.

Sanglé dans un costume trois-pièces impeccable, il avait

juste retiré sa veste, posée sur le siège à côté de lui, et retroussé ses manches jusqu'aux coudes. Le gilet de soie bleue soulignait son torse puissant.

— J'ai pris le petit déjeuner avec le ministre des Affaires étrangères, puis les réunions se sont succédé toute la matinée pour organiser un grand événement qui doit avoir lieu bientôt.

Arielle pinça les lèvres. Ses noces, bien sûr…

Il se pencha pour tracer très délicatement, du bout des doigts, le bord de son maillot vert vif. Le dos de sa main effleura le renflement des seins au-dessus des triangles de tissu et Arielle sentit son corps, le traître, réagir au quart de tour.

— Vous, en tout cas, on ne peut pas dire que vous soyez trop habillée, ajouta Eirik d'une voix enrouée. Vous êtes une sirène et vous m'avez jeté un sort, *skatta.* Je ne cesse de penser à vous.

À ces mots, son cœur stupide bondit dans sa poitrine et le temps suspendit sa course. Elle releva la tête, accrocha le regard azur. Un frisson la secoua. Les lèvres du prince étaient à un souffle des siennes… Puis un nuage masqua le soleil. Le froid la gagna brusquement, elle frémit de plus belle, de dégoût cette fois. Eirik était quasiment fiancé. Il n'avait pas le droit de dire des choses pareilles. Encore moins de l'embrasser. S'arrachant à la tentation, Arielle poussa sur la monopalme et plongea sous la barque pour émerger de l'autre côté.

Eirik sourit.

— Donnez-moi une minute pour me déshabiller, et je vous rejoins dans l'eau.

— Quelle bonne idée !

En rage contre lui et contre elle-même aussi, furieuse d'éprouver un désir aussi intense alors qu'elle méritait mieux que d'être une brève distraction pour un prince bientôt marié, Arielle plaqua les mains sur le plat-bord de la barque et s'arc-bouta dessus au moment précis où Eirik se levait pour dégrafer sa ceinture.

La barque oscilla dangereusement.

— Hé ! Qu'est-ce que vous faites ?

Alors qu'il tentait de recouvrer son équilibre, loin de lâcher prise Arielle s'aida de sa palme pour imprimer une nouvelle secousse, plus ferme, à l'embarcation. La barque se retourna, catapultant Eirik dans le lac. Elle l'entendit jurer avant que ne s'élève une gerbe d'éclaboussures. Sans attendre, elle se mit à nager à toute vitesse vers la rive.

La plage de galets où elle avait laissé ses habits se révéla plus éloignée que prévu. Elle était à bout de souffle en atteignant les petits fonds. Jetant un coup d'œil par-dessus son épaule, elle constata qu'Eirik, remonté dans la barque, ramait dans sa direction et la panique l'envahit.

Sa monopalme lui avait été d'un grand secours, encore fallait-il à présent s'en débarrasser. Elle se trémoussa frénétiquement sur les galets pour tenter de retirer ce costume de sirène qui lui moulait le bas du corps. Dans des circonstances normales, l'opération prenait quelques minutes à peine, mais elle était nerveuse et transpirait abondamment. Plus d'un juron rageur lui échappa tandis qu'elle tirait le tissu récalcitrant sur ses hanches tout en surveillant d'un œil la barque qui approchait.

À voir l'expression d'Eirik lorsqu'il sauta à terre et tira la barque au sec, sa situation grotesque ne lui donnait aucune envie de rire.

— Qu'est-ce qui vous a pris de faire ça, bon sang ? Grâce à vos enfantillages, mon costume est fichu et ma veste au fond du lac, avec mes cartes de crédit et mon téléphone !

Il était trempé. Le pantalon lui collait aux cuisses et la chemise laissait deviner les contours de pectoraux impressionnants. Tétanisée, Arielle le regarda défaire les boutonnières une à une pour la retirer et la tordre à deux mains. S'arrachant à la vue de sa poitrine bronzée saupoudrée de boucles dorées, elle tenta en vain de se hisser plus loin sur les galets, gênée par sa queue.

Eirik partit d'un grand rire de triomphe.

— On parle souvent d'un poisson hors de l'eau, mais une sirène, c'est une première ! Vous voilà bel et bien prise au piège, ma beauté.

5.

Arielle fit un nouvel essai pour s'écarter d'Eirik, mais la moitié inférieure de son corps était figée dans un tube de caoutchouc en silicone, recyclé bien sûr.

— Pas si vite !

Eirik vint tranquillement se poser à cheval sur elle, les cuisses de part et d'autre de son corps.

Au fond de son regard, brillait une lueur plus dangereuse encore que la colère. Arielle frissonna.

— Laissez-moi tranquille…

Déterminée à résister au désir dont regorgeait son corps perfide, elle tenta de le repousser à deux mains, mais il lui captura les poignets et les maintint au-dessus de sa tête.

— Je croyais que le but du jeu était que je vous pourchasse et que vous finissiez par capituler, *skatta* ?

— Ce n'est pas un jeu ! Et d'abord, qu'est-ce que ça veut dire, *skatta* ? marmonna-t-elle.

— En anglais, ce serait quelque chose comme « chérie », ou « mon ange », répondit Eirik, les yeux rivés à sa poitrine.

Arielle, mortifiée, sentit les pointes de ses seins se dresser. C'était forcément visible à travers le maillot.

— Je ne suis pas votre chérie ! Comment pouvez-vous me mettre dans une position aussi humiliante ? Et je ne parle pas de celle où je me trouve là, maintenant.

Clouée sur les galets, entièrement à sa merci. Elle se mordilla la lèvre.

— Vous n'auriez pas dû m'emmener chez la princesse

Catalina. Je me sens très embarrassée de faire intrusion dans son intimité alors qu'elle pleure son fiancé, votre frère Niels.

Eirik daigna enfin la lâcher et s'assit à côté d'elle, peignant du bout des doigts sa tignasse mouillée.

— Je ne voulais pas vous abandonner dans un hôtel. C'était l'affaire d'une nuit, ou de ce qu'il en restait… J'ai bouclé rapidement mes réunions ce matin de façon à venir vous chercher pour vous conduire à l'Institut. Vous avez rendez-vous avec le directeur.

Il poussa un long soupir avant d'ajouter :

— Le décès de Niels une semaine avant le mariage a dévasté Catalina. L'idée de retourner à San Sabinus lui était intolérable. Elle est venue se réfugier ici, dans la résidence secondaire qu'ils avaient achetée comme refuge loin de la frénésie de la vie royale. Au fil des mois nous sommes devenus proches. Lina serait devenue ma belle-sœur, et nous étions aussi attachés l'un que l'autre à Niels.

Arielle, qui avait enfin réussi à s'extraire de sa queue de sirène, rougit comme le regard affûté d'Eirik glissait sur sa silhouette chichement vêtue d'un bikini.

— La princesse Catalina m'a dit que vous alliez épouser une jeune aristocrate, Ida Lundberg, dit-elle d'un ton sec. Vous n'aviez pas le droit de m'embrasser et de m'inviter à passer la nuit avec vous alors que vous étiez déjà engagé auprès d'une autre.

Il fronça les sourcils.

— Vous faites erreur…

— Taisez-vous !

La colère débordait. Elle avait passé l'essentiel de sa vie à se taire, trop terrorisée pour élever la voix contre son père. Ou même contre Jack, qui la traitait mal. Elle ne s'était pas plainte, déjà bien contente d'avoir un petit ami alors qu'elle se sentait sans valeur… Cette époque était révolue. Elle ne se laisserait plus piétiner.

Elle se leva et s'éloigna d'un pas martial vers le coin où elle avait laissé ses habits, s'efforçant de rester impassible en dépit de ses pieds meurtris par les galets. Elle enfila une jambe de jean et sautilla sans la moindre élégance pour se glisser dans la seconde. S'apercevant du coin de l'œil qu'Eirik l'avait suivie, elle remonta le jean avec une telle force que le denim lui griffa les cuisses.

— Vous vous êtes moqué de moi, en m'embrassant alors que vous aviez déjà une fiancée !

— Je ne suis pas fiancé à Ida Lundberg, répliqua-t-il. Je ne me suis engagé ni avec elle ni avec aucune autre.

— Pourtant, à en croire la princesse Catalina, tout le monde attend l'annonce officielle de vos fiançailles. Et vous évoquiez à l'instant un grand événement imminent… J'ai aussitôt pensé à vos noces.

Loin de se troubler, Eirik soutint son regard sans faiblir. Arielle détourna les yeux la première.

— On me presse de choisir une jeune femme de la noblesse qui deviendra princesse consort lorsque je régnerai sur le Fjernland, dit-il posément. Ma mère a laissé entendre publiquement qu'Ida Lundberg semblait la candidate idéale pour ce rôle, mais je n'ai pas abordé le sujet avec Ida de façon officielle.

Pas encore, rectifia Arielle en son for intérieur. Elle savait depuis le début qu'il était trop bien pour elle…

Toutefois c'était un soulagement d'entendre qu'il ne trahissait personne au moment de l'embrasser au cottage.

Le prince s'approcha et lui prit des mains le pull qu'elle tenait pressé contre elle comme s'il était une couverture de survie.

— Pour le moment, je suis célibataire et libre d'embrasser qui je veux, dit-il d'une voix suave.

Voulait-il dire par là qu'il la désirait ? Comme il se tenait à contre-jour, Arielle ne parvenait pas à distinguer son expression, mais la faim qui éraillait sa voix était bien réelle. Un frisson de convoitise la parcourut. Elle vit son visage se rapprocher et ne bougea plus. Ne respira plus.

— Dites-moi que ce désir n'est pas réciproque, dit-il d'un ton âpre, et je stoppe immédiatement cette folie.

La raison commandait de prendre le large, tout de suite.

Seulement Arielle n'avait aucune envie de l'écouter. Pour toute réponse, ses lèvres s'entrouvrirent en une invite inconsciente. Les yeux luisants, Eirik inclina la tête et effleura sa bouche, retardant encore l'inévitable. Elle se mit à trembler, tous les nerfs affûtés jusqu'à la douleur…

Au moment où leurs bouches se scellaient enfin, elle s'entendit gémir de très loin. Puis tout devint flou. Ce baiser possessif, sauvage, était très différent du premier. Eirik avait pris tout son temps alors, il s'était fait taquin, frivole. La langue qui avait envahi sa bouche aujourd'hui ne plaisantait plus. Elle lui enflammait tout le corps.

Arielle se pressa contre lui, sentit le jeu des muscles fermes sous ses paumes plaquées sur le torse nu. La peau était douce comme le satin sous le fin duvet…

Tout en l'enlaçant étroitement d'une main, il glissa l'autre entre leurs corps pour la poser en coupe sur son sein. Le pouce frotta l'aréole et les sensations explosèrent. Le tissu léger du maillot devint vite une barrière terriblement frustrante. Ces mains, elle les voulait sur sa peau nue. Avait-elle exprimé ce vœu à voix haute sans s'en rendre compte ? Riant tout bas, Eirik dégrafa le maillot dans son dos, libérant ses seins.

Il en saisit un et taquina le téton cette fois, lui arrachant un petit cri. La réalité s'estompa. Arielle n'eut bientôt plus conscience que de ce prince doré qui semblait comprendre son corps mieux qu'elle-même. Il le comprenait même si bien qu'il empoigna ses fesses pour la hisser vers lui, ventre contre ventre, et elle se sentit fondre en découvrant la preuve rigide et palpitante du désir qu'elle lui inspirait.

Embrasser Arielle était une erreur.

Eirik l'avait compris dès que leurs lèvres s'étaient unies, mais… La saveur de cette femme était plus enivrante qu'un grand cru et il en voulait encore. Elle était si fichtrement réactive, à se cambrer contre lui, les bras verrouillés autour de son cou, son corps dénudé offert sans la moindre retenue…

Un sein doux lové dans la paume, il savourait les petits gémissements qu'elle poussait tandis qu'il faisait rouler le téton entre pouce et index. Il les savourait même trop. À croire que ce jeu était nouveau pour lui ! Il se sentait aussi exalté qu'un adolescent explorant pour la première fois un corps féminin. Or il en avait exploré un certain nombre…

Ce besoin dément de dévêtir Arielle sur-le-champ et de la posséder en deux coups de reins, c'était autre chose.

Mais où donc ? Ici ? Il s'arracha à sa bouche pour balayer la rive du regard. Le lac se trouvant assez loin de la maison, ils ne risquaient pas d'être dérangés par Lina ou son personnel. Seulement, les galets n'offraient pas la couche la plus confortable qui soit. Il songea à porter Arielle dans ses bras jusqu'au talus gazonné, mais il n'avait pas de préservatif sur lui, et de son côté elle ne prenait peut-être pas de contraceptif.

Sa cervelle daigna enfin se remettre en marche. Il ne pouvait pas se risquer à du sexe sans protection. Surtout dans ce lieu que son frère adorait. Eirik se remémora soudain ce jour où ils s'étaient assis tous les deux au bord du lac pour discuter de l'avenir. Niels lui avait confié qu'il amènerait ses futurs enfants ici pour leur apprendre à nager. Il projetait de mettre un bébé en route aussitôt après le mariage…

« Tu as besoin d'un héritier », avait commenté Eirik, remerciant tout bas sa bonne étoile de ne pas avoir ce genre de souci. « Pas seulement. Je veux un bébé avec Lina parce que je l'aime plus que tout au monde. Attends un peu que ça t'arrive à toi. L'amour vous tombe dessus au moment où on s'y attend le moins et… Waouh ! »

Mais la vie de Niels était restée bloquée sous une avalanche et la couronne passerait du prince Otto à son cadet. Son second violon, rectifia Eirik avec amertume en son for intérieur. Qui passait toujours après le premier. Il s'était dit que ce n'était pas grave et s'était construit une vie et une carrière loin du protocole étouffant de la Cour jusqu'à devenir, seul, multimillionnaire. Cette réussite tout au moins avait impressionné son père…

Du jour au lendemain, adieu liberté et indépendance !

Il avait préparé la vente de son entreprise, Sorensen Yachts, dans la perspective de se consacrer à ses devoirs royaux. À lui de prouver qu'il était à la hauteur du rôle qui aurait dû revenir à son frère. Alors, quelle idée de s'engager dans une aventure avec une belle sirène qui ne pourrait jamais être sa princesse consort ? Arielle le mènerait à sa perte s'il ne résistait pas à ses sorcelleries sensuelles.

Il plongea dans ses yeux émeraude et comprit qu'elle lui avait bel et bien jeté un sort lorsqu'elle se hissa sur la pointe des pieds pour approcher les lèvres des siennes. Son souffle doux lui caressa la bouche. Il l'embrassa, parce qu'il ne pouvait tout simplement pas s'en empêcher. Arielle était toute chaude, et lui brûlait de désir. Jamais il ne s'était senti si peu maître de lui.

Cette pensée le dégrisa, si bien qu'il se détacha d'elle aussitôt et la maintint devant lui à bout de bras, elle et ses boucles dignes du Titien, elle et ses seins, deux globes crémeux coiffés de tétons roses qu'il mourait d'envie de dévorer.

— Ceci ne peut mener nulle part, dit-il d'une voix altérée.

— Je m'en fiche.

Les yeux hallucinés, les joues marbrées de rouge, elle posa les mains sur son torse. Sentait-elle les battements erratiques de son cœur là-dessous ?

— Je veux cette unique fois avec vous avant que chacun parte vivre sa vie ailleurs, dit-elle. Je veux tout apprendre avec vous, Eirik.

Il mesura alors la menace qu'elle représentait. La tentation lancinante de la reprendre dans ses bras et de prendre ce qu'elle lui offrait palpitait dans ses veines. Elle se faisait de plus en plus insistante. Son sexe était si dur que cela devenait très inconfortable…

Mais une alarme résonnait dans sa tête.

— Tout apprendre ? Vous voulez dire que… vous êtes vierge ?

Arielle se mordilla la lèvre.

— Non, bien sûr que non. J'ai eu un petit ami pendant un certain temps. Pas très gentil, mais c'est un détail. Le… le sexe non plus n'était pas fameux. Il ne m'a jamais satisfaite, si vous voulez tout savoir, ajouta-t-elle, écarlate.

Faen ! Eirik jura dans sa barbe. La vulnérabilité d'Arielle était le pire des dangers. Son instinct lui soufflait que, pour elle, sexe et sentiments étaient inextricablement liés. Or il ne donnait pas dans le sentimental. Jamais. Il ne pouvait pas prendre le risque qu'Arielle, après l'amour, s'imagine qu'il pourrait s'attacher – cela n'avait aucune chance de se produire.

Il lui saisit les mains et recula d'un pas.

— C'était une erreur.

À ces mots, elle s'empourpra davantage encore. La rougeur s'étendit sur la gorge et jusque sur le décolleté. Eirik se demanda si ses seins pâles rosiraient aussi joliment sous l'effet du désir, mais il n'en aurait hélas jamais confirmation.

— C'est vous qui avez commencé, rétorqua-t-elle d'une voix tremblante.

— Et maintenant je mets un point final.

Il se baissa pour ramasser son pull et le lui tendit.

— Habillez-vous. Je vous ai dit la vérité, je n'ai promis le mariage à personne. L'événement que je suis chargé d'organiser est un bal masqué, qui se tiendra dans deux semaines au palais d'Hiver, ma résidence officielle. Ce bal sera donné en l'honneur de mon anniversaire, ajouta Eirik en grimaçant. Ma mère a décidé que c'était l'occasion parfaite pour inviter les femmes qui lui semblent convenir pour le rôle de future princesse consort. On attend de moi que j'annonce mon choix ce soir-là.

— Vous en parlez de manière si pragmatique. Comment pouvez-vous être sûr de tomber amoureux d'une femme que votre mère approuvera ?

— Je n'ai aucunement l'intention de tomber amoureux. Ni de vouloir d'une femme susceptible de tomber amoureuse de moi. Ida Lundberg a le profil idéal sur tous les plans. Enfant déjà, elle avait pour ambition de devenir princesse consort. Son père espérait qu'elle épouserait mon frère, mais Niels a rencontré la princesse Catalina et un coup de foudre a fait le reste. Aujourd'hui le baron Lundberg compte sur cette seconde chance de lier nos deux familles.

— Comme c'est romantique, commenta Arielle. Pourquoi votre mère est-elle si pressée de vous voir marié ?

— Il y a deux ans, mon père a appris qu'il souffrait d'une tumeur maligne. Tout en suivant son traitement il a cédé aux prières de ma mère pour abdiquer et laisser Niels régner sur le Fjernland après son mariage avec la princesse Catalina. Le destin en a décidé autrement, dit Eirik d'un ton bourru. Le prince Otto est totalement remis de son cancer, mais ma mère tient toujours à ce qu'il se retire de la vie publique. Il a accepté de me laisser la place à la condition que je prenne une épouse qui me donnera un héritier, si tout va bien.

Eirik détourna les yeux du visage effaré d'Arielle. Dans les familles royales l'étiquette exigeait ces procédures. Son éducation l'avait préparé à cela. L'amour ne jouait aucun rôle dans la procréation qui assurait aux descendants de la maison Sorensen le pouvoir sur le Fjernland.

Par un heureux hasard, son frère était tombé amoureux d'une princesse appelée à devenir sa femme. Eirik, de son côté, savait que l'amour comportait un côté obscur. Jalousie, désespoir, rejet, sa mère avait enduré tout cela dans son couple et lui-même en avait fait l'expérience en se heurtant à l'indifférence de ses parents avant d'apprendre à se détacher de ses émotions.

— Nous devrions rentrer, dit-il après un bref coup d'œil à sa montre.

Arielle replia docilement sa combinaison et le suivit.

Le sentier à travers bois était juste assez large pour leur permettre de marcher côte à côte. Les arbres immenses tout autour formaient une cage étouffante, mais peut-être était-il simplement oppressé par la présence d'Arielle.

— Ma mère avait à peine plus de vingt ans lorsqu'elle s'est entichée du prince Otto âgé, lui, de près de quarante ans et play-boy invétéré. Il n'a pas changé après le mariage.

Il capta du coin de l'œil le regard surpris d'Arielle. Pourquoi lui parlait-il de ses soucis de famille ? Il n'en avait aucune idée. Les mots lui venaient le plus spontanément du monde.

— Mes parents gardaient des relations courtoises, mais je n'ai jamais perçu de tendresse entre eux. Vers l'âge de treize ans, j'ai entendu une rumeur circulant au palais, selon laquelle le batifolage du prince Otto avec une fille de cuisine n'était pas sa première incartade, ni sa dernière.

Il haussa les épaules.

— Mon père s'est marié parce qu'il lui fallait un fils. La princesse Hulda lui a gentiment donné un héritier, plus une roue de secours. Et tout l'amour dont son époux ne voulait pas est allé à son fils aîné.

— Et vous ? Votre mère vous aimait sûrement tout autant.

— Je passais toujours après lui. Je n'étais qu'une sécurité, pour le cas où il arriverait quelque chose à Niels. Je ne vous raconte pas cela pour éveiller votre pitié, grommela Eirik. Je suis le fils du prince Otto et pour moi le mariage est un devoir incontournable. Mais je ne peux pas promettre l'amour à ma future épouse. Tout ce que je peux lui offrir, c'est une couronne.

— Cela n'explique pas l'urgence de ces noces.

— Ma mère a soigné mon père lorsqu'il est tombé malade et, après trente-six ans de mariage, le prince Otto est enfin tombé amoureux de sa femme. Ma mère a obtenu ce qu'elle voulait depuis toujours, l'attention pleine et entière de son époux. Il n'empêche, mon père ne se retirera pas tant que je ne serai pas marié. Je ne peux pas refuser à ma mère une chance d'être heureuse avec lui. Niels serait devenu souverain l'an dernier. C'est ma faute s'il est mort.

Arielle s'arrêta net et se tourna vers lui.

— La presse a évoqué un accident de ski. Comment sa mort pourrait-elle être votre faute ?

— Ce séjour de ski, c'était mon idée. Le but était de s'offrir quelques jours de détente ensemble avant qu'il n'endosse ses responsabilités d'époux et de prince régnant.

— Ce n'est pas vous qui avez déclenché l'avalanche, fit

remarquer Arielle en posant la main sur son bras. Eirik, vous n'avez rien à vous reprocher !

— Ma mère me tient pour responsable, à juste titre. Lorsque nous étions petits, mon frère était le plus sérieux et moi le clown. J'ai jugé que c'était mon rôle de m'assurer qu'il s'amuserait un peu avant de consacrer le reste de sa vie à ses devoirs. Mes parents pensaient que j'avais une mauvaise influence sur lui et la suite leur a donné raison. Si je n'avais pas proposé ces vacances à la montagne, Niels serait toujours là. Je vais devoir vivre avec ça jusqu'à ma mort… Je suis l'héritier du trône en second et je choisirai pour épouse la femme la mieux à même de devenir princesse consort.

Arielle abaissa la vitre de la voiture pour aspirer une longue bouffée d'air marin. Après avoir traversé le centre animé de Ved Floden, capitale du Fjernland, ils suivaient à présent une route parallèle à la côte. Le ciel et la mer avaient le bleu des myosotis, mais les sommets enneigés de l'autre côté de la baie rappelaient que la température ne dépassait pas les dix degrés en dépit du soleil printanier.

Elle coula un regard vers son chauffeur. Eirik avait enfilé des vêtements secs avant leur départ de la maison de la princesse Catalina près du lac, un jean et un pull en cashmere gris sombre qui lui donnaient une allure divine. Pendant l'heure et demie de trajet jusqu'à la ville, il s'était borné à lui indiquer les centres d'intérêt de la région tandis qu'elle marmonnait des réponses convenues.

Elle frémit de honte en se remémorant qu'elle l'avait presque supplié de lui faire l'amour. Qu'est-ce qui lui était passé par la tête ? L'impatience, sans doute, d'explorer la sensualité qu'Eirik avait révélée chez elle et dont elle n'avait pas conscience jusque-là. Pour couronner le tout, elle lui avait avoué que son unique expérience avait été un désastre !

Dans ces conditions, comment s'étonner qu'il ait rejeté ses avances maladroites ? Il lui avait aussi très clairement expliqué qu'elle n'avait pas le profil d'une future épouse, mais cela, elle le savait déjà. Elle n'avait pas une goutte de sang bleu dans les veines…

Avec un soupir, Arielle se concentra sur le paysage.

— Les montagnes m'évoquent des meringues blanches, murmura-t-elle. Elles sont toujours enneigées ?

— Ces glaciers ne fondent jamais. À moins d'une éruption, bien entendu.

Eirik se mit à rire devant sa mine effarée.

— Plusieurs cachent des volcans, dont deux encore actifs. La dernière éruption remonte à une vingtaine d'années.

Éblouie par son sourire, elle détourna vite de nouveau la tête vers la vitre.

Sur la côte, les constructions se composaient pour l'essentiel de maisons en bois de plain-pied alors que la capitale tout à l'heure présentait des immeubles de bureaux géants. Eirik lui avait expliqué que la richesse du Fjernland reposait sur la technologie, la finance, mais aussi le tourisme.

— Les volcans attirent les visiteurs, reprit-il. De même que les aurores boréales, et les nombreux thermes qui proposent des cures en profitant des sources chaudes naturelles. Il y a un équilibre délicat à trouver entre les revenus touristiques et la protection de la nature somptueuse du Fjernland.

— Vous adorez votre pays, manifestement, mais vous ne voulez pas le gouverner…

— Je n'ai jamais dit que je ne voulais pas devenir souverain, grommela Eirik. Je ne m'attendais pas à ce que ce rôle m'incombe, voilà tout. Et je ne suis pas sûr de me montrer à la hauteur.

La pointe de vulnérabilité chez cet homme si solide émut Arielle.

— Mon frère a appris dès la naissance ou presque les protocoles et les devoirs d'un monarque, reprit Eirik. Il était mieux à même d'embrasser la vie royale. Il acceptait que tout se fasse de la même manière depuis des siècles, tandis que je trouve bien des choses archaïques au XXIe siècle.

— Pourquoi ne pas bousculer les habitudes ? Je veux dire, vous serez le prince régnant, vous aurez toutes les cartes en main pour édicter les règles. Peut-être qu'au lieu d'essayer d'imiter votre frère, vous devriez imposer votre vision.

— Si seulement c'était si simple, murmura-t-il. Les traditions de la monarchie ont la vie dure, vous savez.

— Changer n'est pas facile, concéda Arielle.

Elle-même n'aurait peut-être jamais eu le cran de quitter Penash sans l'aide du prince.

Si elle manquait d'assurance, c'était d'avoir grandi avec un père autoritaire. Elle était même allée étudier dans une université de Cornouailles, à défaut de trouver le courage de déménager dans une autre région pour échapper à l'autorité paternelle. Et depuis que Gerran Rowse avait été envoyé en prison, elle vivait en recluse dans son atelier, apeurée à l'idée de sortir affronter le vaste monde et le jugement de ceux qui pourraient avoir entendu parler des crimes abjects de son père…

Grâce à Eirik, elle avait une chance de travailler de nouveau dans son domaine de prédilection, la conservation marine. Avec un peu de chance, la célébrité de son père n'avait pas atteint le lointain Fjernland.

La voiture franchit enfin un portail au-dessus duquel un grand panneau indiquait : « Institut de recherche marine du Fjernland ». Eirik se gara devant un grand bâtiment, mélange assez curieux d'architecture moderne et ancienne.

— Le site appartenait au départ à la plus grande brasserie du pays, expliqua-t-il. Après un siècle de production de bière, l'entreprise a déménagé dans de nouveaux locaux. Il avait toutefois un gros potentiel, qui m'a décidé à établir ici l'Institut. Nous sommes tout proches de la mer et les laboratoires comme les centres d'essais sont parmi les meilleurs du monde.

— Eh bien, nous y voilà, murmura Arielle.

Elle cala derrière l'oreille une mèche rebelle échappée de son chignon et lissa un pli imaginaire sur sa robe bleue.

— Le trac est superflu, lui dit Eirik en souriant. Valdemar est très impressionné par votre CV.

Qu'il pense donc que la perspective de l'entretien la rendait nerveuse… La vérité était ailleurs. Ils ne se reverraient peut-être plus. Bientôt le prince Otto abdiquerait et Eirik deviendrait prince régnant, assisté de sa princesse consort.

Il mit pied à terre et vint lui ouvrir la portière. Ces manières chevaleresques donnaient à Arielle la sensation d'être une reine. Elle se composa un grand sourire.

— Joyeux anniversaire à l'avance ! dit-elle en lui tendant la main. Et bonne chance pour la chasse à l'épouse.

Eirik referma sa grande main sur la sienne avant de la porter à ses lèvres pour y déposer un baiser léger comme une plume. L'étiquette exigeait ce type de geste dans de nombreux pays d'Europe, elle le savait. Il n'empêche, elle sentit un grésillement la traverser. Elle s'humecta machinalement la lèvre inférieure et se figea en voyant les yeux d'Eirik lancer des éclairs.

Deux étoiles aux trajectoires différentes, avait-il dit. Mais en cette seconde, alors qu'Eirik se rapprochait insensiblement d'elle, ces étoiles semblaient sur le point d'entrer en collision. Le musc de son eau de toilette lui chatouilla les narines comme il s'inclinait vers son visage…

— Prince Eirik ! Quel plaisir de vous voir.

La voix, venue de quelque part derrière elle, fit exploser la bulle de sensualité qui les enveloppait. Eirik se détacha brusquement d'elle, les doigts fourrés dans sa tignasse.

— Valdemar, comment allez-vous ?

Arielle se retourna. Un homme trapu, à la barbe touffue, les regarda tour à tour sans mot dire. Elle se sentit rougir.

— Je vous présente le professeur Valdemar Oskarsson, dit Eirik. Valdemar, voici Arielle Tremain.

— Bienvenue à l'Institut de recherche marine du Fjernland, Arielle.

— Nous discuterons une autre fois, dit le prince à Valdemar. Je dois partir. Ma mère a organisé un thé au palais et j'ai promis d'y être.

Il salua Arielle d'un hochement de tête et serra la main

de Valdemar avant de remonter dans sa voiture. Quelques secondes plus tard, il avait disparu.

La gorge d'Arielle se noua. Ida Lundberg avait-elle été conviée à ce thé au palais ? Eirik déciderait peut-être d'épouser cette belle blonde et d'annoncer leurs fiançailles à son bal d'anniversaire.

Elle prit conscience que Valdemar l'observait avec curiosité. Ce poste à l'Institut, c'était la chance de sa vie, se dit-elle fermement. Il était temps de cesser de rêvasser sur un prince intouchable et de se concentrer sur sa carrière.

— Entrez donc, dit-il en s'effaçant devant elle. Je suis très intéressé par votre travail sur de nouvelles initiatives pour recycler les déchets plastiques qui sont en passe d'étouffer les océans. Si nous en parlions ensemble ?

6.

Eirik balaya des yeux le salon Rouge du palais Sejrrig où une vingtaine d'invités, pour la plupart des jeunes femmes sélectionnées par sa mère pour leur grâce, leur raffinement et leur certificat de noblesse, conversaient à bas bruit tout en s'efforçant d'attirer son regard.

Il envisagea de se noyer dans le saladier de punch géant, histoire de raviver cette soirée désespérément tiède. Mais le domestique en livrée dont le job consistait à servir le cocktail composé de fruits, d'alcool et d'épices connu sous le nom de *glogg* au Fjernland, se précipiterait pour sortir sa tête du vénérable récipient bordé d'argent massif. En outre, ce serait gâcher une excellente vodka, trancha Eirik en prélevant sur le plateau un quatrième verre – ou était-ce un cinquième ?

S'enivrer jusqu'au coma profond était une option plus alléchante. Ce buffet dînatoire était le troisième événement mondain organisé cette semaine par sa mère dans son rôle autoproclamé de marieuse. Impossible, il le savait, d'échapper à son destin de futur souverain du Fjernland et encore moins à ce mariage voulu à toute force par la princesse Hulda. Il avait la sensation d'un tsunami fonçant vers lui avec assez de puissance pour balayer son ancienne vie et l'engloutir sous les responsabilités. Et sa sirène protectrice brillait par son absence, au moment où il en avait le plus besoin !

Besoin. Ce mot agaçant, encore. Eirik se rassura aussitôt. Il n'avait pas besoin d'Arielle. Il pensait à elle en permanence, voilà tout, et tant qu'il n'aurait pas surmonté cette fascination obsessionnelle pour une sirène aux yeux d'émeraude, il ne pourrait pas se concentrer sur le choix d'une épouse.

Toute la soirée, il avait senti le regard perçant de la princesse Hulda braqué sur lui. Il avait fait de son mieux, sincèrement. Il avait discuté à droite à gauche, de tout et de rien, il avait souri à en avoir mal aux joues. Seulement… Deux minutes de conversation avec la fille d'un duc français lui avaient suffi pour comprendre qu'il n'épouserait pas Madelaine Blanchet. Aucune raison logique ne s'y opposait, la demoiselle était charmante, bien élevée, son père comptait parmi ses ancêtres le frère de Louis XVI, l'infortuné dernier roi de France, et elle avait trois frères, avait précisé sa mère, signe qu'elle lui donnerait un fils. « Je ne sais pas ce que tu peux vouloir de plus », avait-elle conclu.

Eirik imaginait sans peine sa réaction s'il avouait rêver d'une femme dotée d'une queue de sirène et d'un fouillis de boucles rousses. Aphrodite, avec des courbes voluptueuses et des yeux de la teinte de l'océan en furie…

— Tu pourrais au moins faire l'effort de te montrer moins désagréable !

La voix aigre de la princesse Hulda tira Eirik de ses visions interdites.

— Désagréable, moi ? se récria-t-il avant de se composer un sourire afin d'alléger l'atmosphère. J'ai discuté avec chacun de vos invités…

— Tu as passé la soirée à arpenter la pièce comme un lion en cage, rectifia sa mère d'un ton acerbe. Je consacre tout mon temps et mon énergie à t'aider à trouver une épouse. Un minimum de coopération de ta part, est-ce trop demander ? Tu as quasiment ignoré Ida Lundberg, et la Française n'a pas retenu longtemps ton attention. Ton frère n'étant plus là, il est vital que tu engendres un héritier légitime, je te rappelle.

Eirik serra les dents. Comme toujours, l'allusion à Niels avait brutalement réveillé ses remords.

— Laissez-moi vous rassurer sur ce point, dit-il, je suis tout à fait conscient de ce qu'on attend de moi.

— Heureuse de l'entendre ! Je ne sais pas ce qui ne tourne pas rond chez toi depuis ton retour d'Angleterre, mais il faut que tu t'en occupes, et vite.

— Bien d'accord, murmura Eirik tandis que sa mère s'éloignait d'un pas martial.

Il se marierait, soit, pour le bien de la monarchie, mais… Il commençait à comprendre qu'il devait d'abord goûter Arielle. Le fruit défendu. N'était-ce pas toujours ainsi ? On voulait toujours ce qui nous était interdit.

Arielle n'avait-elle pas confessé son envie de faire l'amour avec lui avant que leurs vies ne reprennent leurs chemins respectifs ? Alors oui, il passerait une nuit avec elle. Une nuit absolument parfaite, au vu de l'alchimie incandescente entre eux. Dans son expérience, l'attirance physique ne durait qu'un temps. Sa fascination pour Arielle s'estomperait à coup sûr dès qu'il l'aurait possédée.

Arielle éteignit son ordinateur et étira sa nuque endolorie. Voilà trop longtemps qu'elle était assise à son bureau. Les gens s'imaginaient que le travail de protection du milieu marin consistait à passer la journée sur la plage ou en mer, alors qu'il se faisait la plupart du temps devant un écran. Non qu'elle songe à s'en plaindre. C'était merveilleux de reprendre son activité de prédilection.

Dès la fin de son entretien, dix jours plus tôt, Valdemar Oskarsson lui avait proposé un contrat de six mois, précisant que ce poste avait de grandes chances de devenir permanent une fois le prince au pouvoir. « Le prince consent déjà des dons à l'Institut sur ses deniers personnels. Par la suite il espère convaincre le Conseil national de la principauté d'investir davantage dans la protection des océans. C'est un passionné. »

Arielle avait rosi au souvenir de la passion du prince. Par chance, le directeur de l'Institut n'avait pas semblé remarquer la couleur de ses joues en la faisant entrer dans un des laboratoires pour la présenter à son épouse, enceinte jusqu'aux yeux. Depuis lors, elle ne quittait plus Frida d'une semelle en vue de prendre en charge un projet de mesure de la pollution microplastique en mer du Nord. Un travail prenant, qui ne lui laissait guère le loisir de rêvasser à Eirik.

Les autres chercheurs de l'Institut l'avaient chaleureusement accueillie et même invitée à boire un verre dans un des nombreux pubs très animés du quartier. La ville côtière toute proche attirait toute une communauté d'artistes. Surfeurs et amateurs de plongée affluaient sur la magnifique plage. On lui avait attribué un logement au sein même des bâtiments de l'Institut, dont les étages supérieurs étaient destinés aux étudiants et chercheurs de passage. Quoique petit, l'appartement était lumineux et moderne, et Arielle l'adorait.

La vie serait parfaite si seulement elle parvenait à cesser de suivre les faits et gestes d'Eirik au quotidien sur les réseaux sociaux. Nul n'ignorait désormais au Fjernland que Son Altesse sérénissime le prince Otto se préparait à abdiquer en faveur de son fils survivant dès que le prince héritier se serait fiancé. Les médias rivalisaient d'ingéniosité pour deviner le nom de la future princesse consort. Son père étant en convalescence, le prince Eirik l'avait remplacé dans plusieurs fonctions royales, accompagné de sa mère. Ida Lundberg figurait au second plan sur chaque photo, dans chaque clip vidéo. Le bruit courait qu'Eirik annoncerait officiellement le soir de son bal d'anniversaire son intention de l'épouser, au grand désespoir d'Arielle… qui serait présente sur place pour l'entendre.

En début de semaine, Valdemar lui avait remis une enveloppe portant les armoiries royales. À l'intérieur, se trouvait une invitation au bal masqué du palais d'Hiver. Des représentants de plusieurs organismes publics et associations caritatives soutenus par le prince Eirik seraient également présents, lui avait-il expliqué. Le prince avait tout naturellement suggéré de convier à ce bal la toute dernière recrue de l'Institut. Une voiture viendrait les chercher, des chambres étaient réservées à leur intention au palais pour la nuit. Le palais d'Hiver se trouvant en altitude, le trajet de retour après la fête serait trop pénible pour Frida.

Arielle avait tenté de protester, arguant qu'elle ne possédait pas de robe de soirée. L'excuse était pauvre, mais elle n'en avait pas trouvé d'autre. Le moyen d'avouer que la seule idée de se rendre au bal et de voir Eirik avec sa promise relevait de la torture ?

Frida avait aussitôt balayé l'objection, lui indiquant la boutique de Ved Floden où elle avait déniché la sienne quelques semaines plus tôt. Elle avait ajouté en riant qu'elle aurait l'air d'une baleine de toute façon, avec son ventre énorme. « Mais non, tu seras la plus belle ce soir-là », avait rétorqué son mari.

Le regard tendre échangé par Frida et Valdemar lui avait fait envie. Il l'avait presque réconciliée avec l'idée de former un couple un jour. Aimer la bonne personne, en être aimée en retour, ce devait être merveilleux… En tout état de cause, cette personne ne serait pas Eirik, se dit fermement Arielle en se levant pour s'approcher de la fenêtre. Placer ses espoirs dans un prince inaccessible la mènerait droit à la catastrophe… Dieu merci, le problème de la robe de bal tout au moins avait été réglé. L'avant-veille, après sa journée de travail, le concierge lui avait remis un paquet livré à son intention.

Rentrée dans l'appartement au pas de course, elle avait ouvert la boîte, qui portait le nom d'une maison de haute couture parisienne, et poussé un cri de ravissement en sortant de son écrin de papier de soie une robe exquise en velours vert sombre. Le bustier présentait un décolleté profond sur le devant et un autre dans le dos plongeant presque jusqu'à la taille. La coupe très ajustée jusqu'aux genoux s'épanouissait ensuite autour des jambes avec un effet sirène.

La robe, audacieuse, mettait ses courbes en valeur et lui façonnait une silhouette glamour de rêve. Impossible de porter un soutien-gorge dessous… Le colis contenait aussi des accessoires assortis pour parfaire la tenue, une paire de stilettos de velours vert, une pochette et même un masque vert et or d'une finesse exquise. Une note jointe portait simplement le nom d'Eirik. Cela avait suffi à faire battre le cœur d'Arielle un peu plus vite… mais ce geste en soi ne signifiait rien. Sans doute était-ce simplement une façon de la remercier de l'avoir sauvé de la noyade. Un aide de camp avait très bien pu se charger de l'achat à sa demande.

Le jeudi fatidique était arrivé. Le bal aurait lieu ce soir, et depuis le réveil Arielle oscillait entre impatience et appréhension. Elle venait de passer de longues heures au laboratoire avec Frida, à analyser des échantillons de microplastiques par imagerie infrarouge.

— Je terminerai de taper le rapport, dit-elle en voyant la future maman se masser les reins. Si vous alliez vous reposer un moment les pieds en l'air ?

— Volontiers, si cela ne vous dérange pas… On dirait que le bébé joue au football dans mon ventre !

— Plus que quelques semaines à tenir, n'est-ce pas ?

Frida esquissa un sourire las.

— Pour être franche, l'angoisse monte. Nous désespérions d'avoir un enfant depuis six ans lorsque je suis enfin tombée enceinte. Ce bébé compte plus que tout pour nous.

Arielle songea à Eirik, qui avait affirmé que l'amour n'entrerait pas en ligne de compte dans son couple. Aimerait-il tout au moins son enfant ? C'était à espérer. Elle ne souhaitait à personne de grandir sans l'affection des parents.

Après la mort de sa mère, elle n'avait eu personne pour la féliciter de ses bonnes notes à l'école ou la réconforter dans les moments difficiles. Son père ne lui prêtait attention que si elle oubliait de faire du feu ou ne préparait pas son dîner pour l'heure qu'il souhaitait. Les enfants avaient besoin de se sentir aimés. Les adultes aussi. Le mariage sans amour auquel disait aspirer le prince sonnait comme un désastre annoncé.

— Rentrez chez vous prendre un peu de repos, dit-elle à Frida. La voiture qui nous conduira au palais n'arrive qu'à 18 heures. À ce soir !

Plus tard, en étudiant son reflet dans le miroir, Arielle remercia mentalement le fer à lisser. Au lieu de boucler dans tous les sens, ses cheveux tombaient en vagues soyeuses jusqu'au milieu du dos. La robe spectaculaire avait aussi nécessité un maquillage plus appuyé que d'habitude. Une touche de fond de teint pour masquer la petite cicatrice sur sa joue, une ombre à paupières charbonneuse pour un regard plus intense, un soupçon de gloss rose poudre sur les lèvres…

Cette robe réussissait l'exploit d'être à la fois élégante et sexy. Impossible de porter un soutien-gorge dessous, par exemple. Comment croire que la créature dans le miroir était la très ordinaire Arielle Tremain, moquée par ses camarades de classe pour son uniforme usé et trop petit. Un professeur pris de pitié comme elle expliquait que son père ne lui donnait pas d'argent pour les vêtements avait exhumé quelques jupes et chemisiers d'occasion et même un manteau d'hiver…

Ses vieilles insécurités resurgirent soudain en force. Elle n'avait pas sa place dans le monde du prince Eirik. Comment avait-elle pu se croire de taille à prendre part à un bal royal ? D'un autre côté, se frotter à sa vie de luxe pour un soir lui ferait peut-être accepter l'idée qu'elle n'avait aucune chance avec lui…

Comme on frappait à la porte, elle saisit sa pochette et son sac de voyage sans plus hésiter et alla ouvrir.

Dans le couloir, se tenait Valdemar, en jean, l'air tendu.

— Je dois emmener Frida à l'hôpital immédiatement. Elle ne se sentait pas bien, j'ai demandé à la sage-femme de passer. Sa tension est trop haute, ce pourrait être dangereux pour elle et pour le bébé. Nous nous passerons du bal.

— Bien sûr, dit Arielle, ravalant sa déception parfaitement égoïste. L'hôpital est l'endroit le plus sûr pour Frida. Tout ira bien, j'en suis sûre.

— Espérons, dit Valdemar avec un soupir. Il est trop tard pour inviter des collègues de l'Institut à vous accompagner au palais, mais vous serez une digne représentante de notre travail sur la préservation des océans. J'ai prévenu par message le prince Eirik que vous seriez seule pour la soirée.

— Oh ! J'avais cru comprendre que…

Elle se mordit la lèvre. Valdemar s'attendait donc à ce qu'il s'y rende seule ! À cette idée son cœur battit plus vite.

Le directeur se dirigeait déjà vers l'escalier.

— La voiture vous attend en bas. Je vais rejoindre Frida !

Les hautes tours blanches du palais d'Hiver pointaient vers un firmament indigo piqueté de milliers d'étoiles. Au-delà de ce château digne d'un conte de fées, se profilaient les montagnes abruptes coiffées de blanc. Un croissant de lune se reflétait dans les eaux calmes et sombres d'un lac au pied du palais…

Arielle regretta de ne pas avoir le temps d'admirer ce paysage féerique. Son chauffeur remonta à vive allure l'allée de graviers, dépassa la file des limousines qui déposaient les invités sur le seuil et s'engagea dans une petite cour à l'arrière du bâtiment. Dès le moteur coupé, il sortit prestement et vint lui ouvrir la portière. En descendant, Arielle fut aussitôt rejointe par le secrétaire particulier d'Eirik.

— Miss Tremain, par ici je vous prie.

Avait-elle imaginé cette pointe de désapprobation dans la voix de Gustav ? Elle pénétra à sa suite dans le château par une porte réservée sans doute au personnel et aux livreurs en se demandant pourquoi elle ne passait pas par la porte principale comme les autres invités. Au bout d'un dédale de couloirs interminable, Gustav poussa une porte et la fit entrer dans un bureau.

Un feu crépitait dans la cheminée. Eirik voulait peut-être la voir en privé avant l'ouverture du bal ? songea-t-elle, le cœur battant. Mais non, il n'y avait personne, hormis un chien, énorme, qui se leva pour venir la saluer.

— Il appartient au prince Eirik, expliqua Gustav. Maks lui est totalement dévoué et ne s'intéresse à personne d'autre.

— Salut, beauté, dit Arielle d'une voix douce. Je suis sûre que tu protèges ton maître à la perfection.

Elle adorait les animaux et ne s'était jamais vraiment remise de la mort de Bess, le vieux border collie que son père utilisait comme gardien de troupeau.

Cette bête aurait pu poser les pattes sur ses épaules si elle l'avait voulu. Arielle tendit la main et tapota sa fourrure douce et dorée. Au bout d'un moment, un museau tout humide se pressa contre sa paume.

— Vous semblez avoir amadoué Maks, commenta Gustave d'un air surpris.

Il alla chercher un écrin de cuir sur le bureau.

— Pour vous, de la part du prince Eirik, dit-il en lui présentant le contenu.

Une parure exquise d'émeraudes et diamants, collier et boucles d'oreilles assorties… Arielle resta saisie. Lui faire livrer une robe de bal c'était une chose, mais ces bijoux valaient sûrement une fortune. Elle secoua la tête.

— S'il vous plaît, dites au prince que je ne peux pas accepter un présent aussi onéreux de sa part.

— Il avait anticipé votre réaction, déclara Gustav d'une voix légèrement radoucie. Son Altesse royale insiste toutefois pour que vous portiez cette parure ce soir. Vous pourrez la lui rendre après le bal, si vous le souhaitez.

Il préleva le collier de l'écrin et le lui tendit.

— Toutes les demoiselles de l'aristocratie porteront des tiares, des colliers et autres pièces précieuses qui sont souvent des joyaux de famille. Le prince espère que ces bijoux vous aideront à vous fondre parmi les autres invités.

Se sentant contrainte de s'exécuter, Arielle prit le collier des mains de Gustav. Il était plus lourd qu'elle ne s'y attendait et, en l'attachant autour de son cou, elle sentit le froid des pierres précieuses sur sa peau nue. Ses mains tremblaient en retirant ses boucles en plaqué or pour les remplacer par les émeraudes.

— Je vais être terrifiée à l'idée d'en perdre une. Même en portant les joyaux de la Couronne d'Angleterre, je ne serai jamais une aristocrate.

— Dans un bal masqué, vous pouvez être qui vous voulez, répliqua Gustav avec une esquisse de sourire.

Après l'avoir aidée à ajuster le masque sur ses yeux, il la fit se tourner vers le miroir en pied.

Arielle contempla, médusée, l'image d'une femme singulière et sophistiquée, enchâssée dans une robe sirène haute couture et des bijoux fabuleux, sans réussir à se reconnaître en elle. Pour se rassurer, elle se dit que personne ici ce soir ne connaissait son père. Ce masque lui assurait l'anonymat. Il camouflerait aussi sa réaction, si Eirik devait annoncer ses fiançailles. Elle *savait,* bien sûr, qu'elle n'avait pas le profil d'une princesse et qu'il ne la choisirait jamais. Pour autant, il n'était pas interdit de rêver.

Gustav avait raison, ce soir elle pouvait être une autre femme. Celle, confiante et sûre d'elle, qu'elle aurait tant voulu être.

Avec ses élégantes colonnes de marbre hautes jusqu'aux fresques du plafond, son parquet lustré étincelant à la lueur des nombreux chandeliers et ses murs tendus de soie bleu vif, l'immense salle de bal parut à Arielle plus opulente encore que les autres pièces qu'elle avait entraperçues en suivant Gustav dans les méandres du palais.

On lui indiqua de se joindre à la file des invitées d'un côté de la salle, face aux messieurs, qui en formaient une autre. La jeune voisine d'Arielle tourna les yeux vers la porte.

— Ils arrivent ! chuchota-t-elle, tout excitée.

— Qui donc ? demanda Arielle.

— La famille royale… Elle ne fait son entrée qu'une fois tous les invités réunis. C'est votre premier bal ?

Sans attendre la réponse, la jeune femme expliqua :

— Le prince Otto est en convalescence, il ne sera pas présent ce soir, c'est le prince Eirik qui escortera sa mère. À leur passage, les femmes feront la révérence au prince et les hommes s'inclineront devant la princesse Hulda. Ensuite, le prince Eirik choisira une partenaire pour la première danse. Le bruit court que ce sera celle qu'il compte épouser. Naturellement, tout le monde essaiera de deviner qui se cache derrière le masque, même si le choix du prince devrait se porter sur la fille du baron Lundberg. Ida est facile à reconnaître, avec ses cheveux blond pâle. Elle porte une robe blanche ce soir. Signe, peut-être, d'un mariage à venir ?

Elle soupirait encore lorsque des valets de pied ouvrirent grand les portes. Sous les yeux écarquillés d'Arielle, le prince Eirik apparut, la princesse Hulda à son bras, au son des trompettes. Ils avancèrent lentement entre les deux files d'invités, et les femmes, chacune leur tour, se fendirent d'une révérence au passage d'Eirik.

Il avait une allure folle dans ce smoking impeccablement coupé qui rehaussait sa carrure athlétique. Un masque noir et or attirait le regard sur ses pommettes sculptées, sans pouvoir bien entendu dissimuler son identité tant son aura de pouvoir et de supériorité le distinguait des autres hommes.

Le cœur d'Arielle accéléra à mesure qu'il approchait de l'endroit où elle se tenait. Le regard intense du prince captura le sien et la fièvre flamba sans ses veines. Elle sentit ces yeux affûtés caresser sa robe de velours, sa chevelure lisse, sa gorge parée d'émeraudes et de diamants, et eut l'étrange sensation qu'elle et le prince étaient seuls au monde. Qu'ils s'appartenaient l'un à l'autre corps et âme…

Cette impression s'envola lorsqu'elle s'aperçut que la princesse Hulda avait tourné la tête et la fixait d'un regard froidement évaluateur. Pétrifiée, elle ne relâcha son souffle que lorsque le duo poursuivit son chemin.

En atteignant le fond de la salle, Eirik accompagna sa mère jusqu'à un fauteuil et attendit qu'elle prenne place pour remonter la file des invitées. L'air s'emplit d'une excitation palpable.

— Oh ! Quelle surprise, murmura la voisine d'Arielle. Le prince Eirik a choisi la princesse Matilda pour la première danse.

— C'est donc elle qu'il épousera ? demanda Arielle en se tordant le cou pour apercevoir la partenaire d'Eirik.

— Je ne pense pas. La princesse Matilda est sa tante, sœur du prince Otto. Il semble que le prince souhaite faire durer le suspense.

Les premiers accords d'une valse lente retentirent. Le prince ayant ouvert le bal, les hommes s'avancèrent pour inviter la cavalière placée en face d'eux. Gustav offrit sa main à Arielle.

— Me ferez-vous l'honneur de cette danse, miss Tremain ? Le prince Eirik m'a demandé de veiller sur vous ce soir, ajouta-t-il comme elle hésitait.

Ils s'avancèrent sur la piste.

— Je n'ai jamais dansé dans un bal, avoua-t-elle au bout d'un moment après lui avoir marché sur le pied par inadvertance.

— Mes orteils blessés peuvent en témoigner, répliqua sèchement Gustav. Je vais tenter de vous apprendre les rudiments du pas de base. J'avance le pied droit, vous reculez le gauche, puis nous partons sur le côté et sur le trois, nous ramenons les pieds l'un contre l'autre.

Quelques mesures lui suffirent pour assimiler l'enchaînement. Un bref interlude dans la musique donna le signal d'un changement de partenaires pour la danse suivante. Tout en évoluant avec ses cavaliers successifs, Arielle ne put s'empêcher de chercher Eirik du regard.

Elle accusa le coup en le voyant évoluer avec une cavalière blonde grande et mince, en chignon strict, vêtue d'une robe blanche sublime et d'un masque orné de plumes assorties. Ida Lundberg avait en effet le port royal et la grâce de la princesse consort idéale, c'était indéniable. Les autres invitées semblaient du même avis, à en croire les chuchotements captés par Arielle ici et là.

À cet instant, Eirik tourna les yeux dans sa direction. Il ne donna cependant aucun signe de l'avoir reconnue et détourna vite la tête. Clairement, il avait d'autres sujets d'intérêt et ne l'avait invitée au bal qu'en sa qualité de représentante de l'Institut qu'il soutenait personnellement.

— Un peu de champagne ? proposa son jeune cavalier.

Arielle lui sourit, bridant son envie subite de filer dans l'aile des invités se réfugier sous sa couette et pleurer un bon coup.

— Avec plaisir !

C'était le premier bal royal de sa vie et sans doute aussi

le dernier. Il s'agissait de savourer chaque minute. Vivre, c'était s'ouvrir à de nouvelles expériences et non se morfondre pour un prince dont elle savait depuis le début qu'il ne serait jamais à elle !

Le champagne fut d'un grand secours. Après deux coupes et des invitations à foison, elle découvrit qu'elle s'amusait vraiment. Elle avait même trouvé le cran de flirter un peu avec ses cavaliers et plusieurs fois, à la faveur d'un morceau musical plus doux, quelques têtes s'étaient tournées de son côté, alertées par ses rires.

— Vous semblez prendre du bon temps.

La voix râpeuse résonna juste derrière elle. Arielle tourna vivement la tête. Eirik était là, tout près. D'un mouvement fluide et déterminé, il la subtilisa à son partenaire du moment et la cala face à lui, en position de danse.

— Prendre du bon temps, c'est bien le but d'une fête ? murmura-t-elle en posant sa main libre sur l'épaule du prince tout en essayant de se rappeler ce que devaient faire ses pieds.

— Vous appelez cette soirée une *fête ?* Chacun de mes gestes est guetté par trois cent cinquante invités et ma mère boude parce que je refuse de la laisser interférer dans ma vie !

— Votre mère est contrariée parce que vous n'avez pas annoncé vos fiançailles, je suppose.

Elle se crispa lorsque la cuisse d'Eirik effleura la sienne. Même à travers le pantalon et le velours du jupon, elle avait senti vibrer les muscles fermes.

— Ida Lundberg doit être déçue, reprit-elle tout bas. Tout le monde s'attendait à ce qu'elle soit l'heureuse élue, au vu de ses nombreuses apparitions en votre compagnie ces deux dernières semaines.

— J'ai accompagné la princesse Hulda à plusieurs cérémonies, c'est exact. Ida était présente parce que ma mère l'a nommée depuis peu dame d'honneur.

— Êtes-vous sûr que ce soit la seule raison ? Je vous ai vu danser avec elle ce soir, vous étiez parfaits ensemble.

— J'ai dansé avec beaucoup de femmes ce soir. Ma sirène aux yeux verts serait-elle jalouse ?

Arielle tourna la tête pour éviter son regard inquisiteur.

— Je n'ai aucun droit d'être jalouse.

— Et moi je n'ai aucun droit de rêver de vous arracher à chaque danseur qui vous enlace, grogna Eirik. Quant à ceux qui vous déshabillent du regard, je prendrais plaisir à leur corriger le portrait de mes propres mains.

Elle rougit.

— Personne ne… Si ?

— Avez-vous idée de votre beauté, Arielle ? Vous êtes divine dans cette robe. Je l'ai choisie sur le site du couturier parce que je savais qu'elle serait parfaite sur vous, mais le résultat dépasse mes attentes. En entrant dans la salle de bal, je suis resté ébloui.

Ces mots chuchotés d'une voix rauque étourdirent Arielle, qui vacilla. Eirik cilla comme un talon s'enfonçait dans son pied.

— Pardon ! Arrière, côté, et on ramène sur le trois… Gustav m'a montré le pas, mais je l'oublie si je suis distraite.

Il rit tout bas.

— Je vous déconcentre à ce point, *skatta ?*

Enveloppée dans le musc sensuel de son eau de toilette, Arielle ne voyait que lui dans la salle de bal bondée. Elle acquiesça en silence. Les yeux brillants, il glissa la paume dans l'échancrure de la robe sur son dos nu. Ce contact lui fit l'effet d'une brûlure. Comme il l'attirait contre lui, hanche contre hanche, elle n'opposa aucune résistance.

— Danser, c'est facile, chuchota-t-il. Laissez-moi vous montrer.

L'orchestre avait attaqué une valse plus rapide. Les pieds d'Arielle volaient au-dessus du sol, portés par le guidage ferme d'Eirik. Elle aurait aimé rester dans ces bras-là toute la soirée. Cessant de se répéter toutes les raisons pour lesquelles c'était une mauvaise idée, elle se coula contre son corps solide.

— Vous êtes un merveilleux danseur…

— Ma mère a insisté pour que mon frère et moi prenions

des cours chaque samedi matin à l'adolescence. J'aurais préféré aller faire de la voile, mais j'ai vite appris les pas. J'ai de nombreux talents, vous savez, chuchota-t-il à son oreille.

Il aurait suffi qu'elle tourne à peine la tête pour que leurs bouches se rejoignent. Les seins pressés contre son torse, Arielle comprit qu'il était en train de la séduire, sans éprouver la moindre envie de l'en empêcher.

7.

Alors que s'estompaient les accords du *Beau Danube bleu,* la magie du moment vola en éclats lorsque la princesse Hulda, les yeux rivés sur eux, adressa un signe péremptoire à son fils depuis le bord de la piste. Eirik soupira et laissa retomber ses bras.

— Ma mère souhaite vous rencontrer, dit-il.

Il plaça une main légère sur ses reins pour la guider à travers la salle de bal.

— Mère, j'aimerais vous présenter Mlle Arielle Tremain, des Cornouailles, en Angleterre.

Se souvenant juste à temps des consignes, Arielle esquissa une révérence maladroite, gênée par sa robe moulante.

— Votre Altesse.

La princesse Hulda la jaugea du regard. Sa robe de satin noir à la jupe volumineuse composée de volants et de ruchés superposés avait pour triste effet de souligner sa silhouette courtaude. Son chignon sévère et le collier de rubis rouge sang sur sa gorge n'ajoutaient aucune douceur.

— Votre famille possède-t-elle des terres en Cornouailles, miss Tremain ?

— Euh… non, madame. Nous avions une petite ferme et quelques moutons, mais la terre et le cottage étaient loués.

— Votre père a-t-il du succès en affaires ?

— Mon père ?

Arielle se figea. La dernière image qu'elle gardait de Gerran Rowse c'était sa sortie du tribunal, menottes aux poignets, direction le fourgon de police. Il ne l'avait pas regardée une seule fois pendant les audiences. Quoi de plus normal ? Sa fille ne l'avait jamais intéressé…

— Arielle n'a plus de famille, déclara Eirik, brisant le silence gênant qui était tombé comme elle cherchait ses mots.

— Quelle tristesse, commenta la princesse Hulda qui avait des yeux froids, gris pâle, presque incolores. C'est un beau collier que vous portez là, dites-moi. Un bijou de famille, peut-être ?

— Euh… non.

Un instinct inexplicable la retint d'expliquer à la princesse Hulda que son fils lui avait prêté ces émeraudes pour le bal. Par chance, son interlocutrice se tourna alors vers le prince, manière de la congédier. Elle se sentit insignifiante, ce qui était clairement le but recherché.

— Eirik, je me sens un peu fatiguée. J'aimerais que tu me raccompagnes dans mon salon privé. Demande à ma dame d'honneur de me rejoindre. Tu trouveras Ida dans l'orangerie avec le baron Lundberg, je crois.

— Bien sûr, mère.

Le visage impénétrable, Eirik se tourna vers Arielle.

— Je vous souhaite une bonne fin de soirée, miss Tremain.

La princesse Hulda lui prit le bras sans un regard pour Arielle et ils s'éloignèrent ensemble vers la sortie. Elle aurait tout aussi bien pu être invisible. Il y avait des centaines de personnes dans la salle, pourtant elle ne s'était jamais sentie aussi seule. Elle effleura le collier censé lui permettre de se fondre parmi tous ces gens issus de la haute société. Comment avait-elle cru pouvoir trouver sa place dans cet univers feutré, même pour quelques heures ?

Elle s'éclipsa à son tour sans que personne ne lui prête attention. Ne trouvant pas Gustav pour lui rendre les bijoux, elle tenta de regagner le bureau dans l'idée de les déposer là. Alors qu'elle errait dans les couloirs, elle sentit soudain un museau humide se glisser dans sa main. Maks, le chien d'Eirik, partit au petit trot devant elle. Arielle le suivit.

— Tu veux sortir ? dit-elle comme le chien grattait à une porte.

À travers la fenêtre, se devinait un jardin plongé dans l'obscurité. Un courant d'air glacé lui fouetta le visage lorsqu'elle ouvrit le battant. Maks se pressa contre elle et la poussa du museau.

— Tu ne peux pas y aller tout seul et faire ce que tu as à faire ? Il fait un froid de gueux là dehors !

La pelouse gelée étincelait sous les étoiles. Arielle ramena frileusement les bras autour d'elle en suivant Maks dans la pénombre sur le chemin de graviers, jusqu'à une longue tonnelle de bois. Au-dessous, un banc… sur lequel était étendu Eirik.

Elle s'approcha, le cœur battant.

Il avait retiré son masque. La lune dansait sur ses pommettes ciselées. Son nœud papillon était dégrafé, le col de sa chemise aussi. Arielle revit le prince play-boy régulièrement surpris par des paparazzis sur un super yacht à Saint-Tropez ou dans une boîte de nuit quelque part en Europe avec à son bras, invariablement, une top-modèle. Mais elle avait entraperçu une autre facette d'Eirik. Il n'était pas simplement un type séduisant débordant de charisme, il était aussi et surtout un être endeuillé s'efforçant d'assumer le statut de futur monarque qui lui tombait dessus.

Eirik se leva et tapota la tête de Maks.

— Bien joué, vieux. Tu peux t'en aller maintenant !

Arielle suivit des yeux le chien qui rebroussait tranquillement chemin vers le palais.

— Comment savait-il qu'il devait m'amener ici ?

— Je le lui ai demandé. Les animaux comprennent plus de choses qu'on ne croit… Surtout Maks. Ce chien est exceptionnel. Il avait à peine quelques jours lorsqu'il est arrivé ici. C'était le plus faible de la portée. Le garde-chasse qui voulait de futurs chiens de chasse affûtés comptait le laisser mourir. À mes yeux il méritait une chance, alors je l'ai gardé avec moi. J'ai dû le nourrir au biberon au début. Le plus drôle, c'est qu'il est devenu plus grand et plus costaud que ses frères et sœurs.

Il était décidément facile de craquer pour cet homme, songea Arielle non sans une pointe de tristesse. Un frisson la secoua. Eirik fronça les sourcils.

— Vous avez froid. Tenez, prenez ceci.

Il retira sa veste pour la draper autour de ses épaules. La doublure de soie charriait la chaleur de son corps et le parfum grisant de son eau de toilette.

— Je ne devrais pas être ici avec vous, murmura Arielle.

Il leva la main et enroula une mèche autour de l'index.

— Cette mise en plis vous va bien, mais les boucles me manquent.

Arielle se mit à rire.

— Oh ! Elles reviendront. Si vous voyiez ma crinière folle au réveil…

— J'aimerais bien, commenta Eirik d'une voix sourde.

Elle frissonna de plus belle en dépit de la chaleur de la veste d'Eirik. Sa raison vacillait dangereusement.

— Je vous ai souvent imaginée nue dans mon lit, *skatta,* vos boucles rousses étalées sur mes oreillers…

— Vous ne devriez pas dire des choses pareilles, protesta faiblement Arielle, les yeux aimantés par l'échancrure de la chemise qui dévoilait sa gorge.

Elle mourait d'envie de faire sauter les derniers boutons pour laisser voyager ses mains sur la peau nue.

— C'est la vérité, répliqua-t-il, son souffle créant un petit nuage de buée dans l'air glacé. Depuis deux semaines j'essaie de vous oublier, mais ce soir au bal c'était sans espoir. Je ne voyais que vous.

Il glissa une main derrière sa tête pour délier les rubans de son masque avant d'ajouter :

— Vous êtes la seule femme que je veux.

Arielle se mit à trembler.

Elle acceptait de ne pouvoir appartenir au monde d'Eirik. Il n'empêche, elle voulait cet homme, de toutes les fibres de son corps. Le désir palpitait dans ses seins, son ventre. Si elle laissait passer cette chance de faire l'amour avec lui, le regret la poursuivrait jusqu'à la fin de ses jours. Un soir seulement, quoi qu'il arrive. Ce soir…

Eirik la prit par la taille et l'attira contre son corps d'athlète, viril, si puissant, enfin ! C'était bon, si bon… Si sécurisant. Arielle leva le visage vers le sien, alanguie, déjà consentante, et vit ses yeux étinceler.

— Laissez-moi vous réchauffer, chuchota-t-il.

Son « oui » se perdit sous les lèvres d'Eirik, qui l'embrassa sous le firmament.

Eirik cueillit Arielle dans ses bras pour traverser le jardin recouvert de givre. Comme elle posait la tête sur son épaule, il huma à longs traits son parfum affriolant. Bientôt elle serait à lui. À cette pensée son cœur battit plus vite, il accéléra le pas. Il avait laissé une porte annexe déverrouillée. Pas de gardes ce soir, il pourrait donc pénétrer dans le palais sans être vu.

Ce n'était pas ainsi que la soirée était censée se terminer, quand bien même en vérité il avait rêvé de faire l'amour à Arielle. Il se sentait un peu coupable d'avoir déçu les attentes du prince régnant et de la princesse, et même apparemment de toute la population du Fjernland. Il n'était pas plus avancé dans son choix d'une épouse.

Les spéculations allaient bon train dans la salle de bal tout à l'heure. Seulement voilà, un regard vers la sirène enchanteresse avait suffi à le mettre en émoi. Il s'était cru capable de maîtriser son attirance pour Arielle. Il avait lamentablement échoué – et cela lui était égal.

Demain, à tête reposée, il s'interrogerait sur les pouvoirs de cette femme. Sur son besoin éperdu de la dévêtir pour explorer de ses mains, sa bouche, chaque parcelle de cette peau crémeuse jusqu'à ce qu'elle le supplie de la posséder. Elle n'aurait pas besoin de supplier longtemps…

Il navigua dans les couloirs et emprunta l'escalier de service pour gagner sa suite privée. Aucun risque de croiser quiconque, tout le personnel étant mobilisé au rez-de-chaussée pour raccompagner les invités à leurs voitures et ranger la salle de bal.

— Je peux marcher, protesta Arielle. Je suis lourde…

— Pas du tout.

Le souffle d'Eirik s'enrayait, mais ce n'était pas du fait de l'exercice physique. Il aurait porté sans problème Arielle jusqu'au plus haut sommet du Fjernland. Le désir pulsait dans ses veines, jusque dans son sexe. En digne descendant des Vikings, il était impatient de prendre possession de sa guerrière. Il ouvrit la porte de sa suite d'un coup d'épaule et alla déposer Arielle au pied du lit.

— Oh !

Elle promena des yeux émerveillés sur la chambre, aussi richement décorée que le reste du palais d'Hiver. Le grand lit avec ses draperies en brocart damassé or n'était pas de son goût, mais il avait hérité du palais comme il hériterait bientôt de la couronne. Que cela lui plaise ou non, il devait apprivoiser la vie qui l'attendait.

Mais ce soir, l'avenir serait le cadet de ses soucis. Le lit géant offrait un fond parfait pour la scène qu'il avait en tête.

— Je ne vous ai pas amenée ici pour admirer le décor, marmonna-t-il sur ses lèvres. Je vous veux nue.

Il se détacha d'elle pour contempler son adorable visage empourpré, ses yeux émeraude luisant de désir. Les sirènes des anciennes légendes envoûtaient les marins par leur chant mélodieux, paraît-il. Les doux gémissements d'Arielle sous ses caresses pourraient bien le mener à sa perte, mais il s'en moquait. Cette insouciance même avait malgré tout quelque chose de troublant. Alors qu'il avait toujours gardé le contrôle de son appétit face aux femmes, sa faim d'Arielle était une bête vorace exigeant un apaisement immédiat.

Il se posta derrière elle et dégagea des cheveux brillants par-dessus l'épaule pour exposer sa nuque délicate. Il y pressa les lèvres puis, de baiser en baiser, dessina un chemin dévalant son dos nu jusqu'à la fermeture Éclair, qu'il abaissa prestement. Il retourna alors Arielle face à lui avant de faire glisser le velours sur ses épaules.

Pendant le bal, il s'était demandé mille fois quelle sorte de soutien-gorge elle pouvait porter sous cette robe diabolique. Il avait maintenant la réponse et s'en pourléchait à l'avance.

Elle avait des seins absolument parfaits, tout ronds, coiffés de tétons rose sombre qui se dressèrent l'un après l'autre sous sa langue taquine. Elle haletait, et ce son doux l'enchanta. Arielle était tout autant que lui ballottée par la violence de ce désir inopportun… En proie à un sentiment d'urgence croissante, Eirik abaissa le tissu sur ses hanches. La robe s'échoua au sol, la laissant en petite culotte et bas ourlés de dentelle.

— Comme tu es belle, murmura-t-il, effleurant un bas avant de caresser la peau crémeuse de la cuisse au-dessus. Dis-moi ce que tu veux, *skatta*.

— Oh ! murmura-t-elle, les yeux baissés, plus vulnérable que jamais. Je ne suis pas très douée pour… pour ça.

Ah. Le petit ami qui ne l'avait pas « satisfaite »…

Eirik lui releva le menton du bout des doigts, l'obligeant à croiser son regard.

— Moi, je suis très doué, murmura-t-il.

Ce n'était pas de la vantardise. Il adorait le sexe et se délectait autant à donner du plaisir à ses partenaires qu'à en recevoir d'elles. L'idée que l'ex d'Arielle n'ait pas pris la peine de s'assurer que la joie était partagée, lui donnant visiblement le sentiment que l'échec venait d'elle, le rendait plus déterminé encore à lui montrer combien faire l'amour pouvait être délicieux. Ils avaient toute la nuit devant eux. Il comptait bien avoir apaisé au petit matin ce fichu désir qui le mettait à la torture.

— Je commence à te caresser, et tu me dis si tu aimes ou si tu préfères que j'arrête, proposa-t-il. Est-ce que cela te convient ?

Elle acquiesça sans trop de conviction.

Eirik ne put résister à capturer ses lèvres pincées jusqu'à ce qu'elles se détendent sous sa langue joueuse, tout en cajolant un sein dans sa paume. Arielle geignit doucement.

— Tu aimes ceci ?

— Ou… oui.

— Et là ? demanda-t-il, glissant les doigts sous sa culotte.

Elle était humide au-dessous. Fin prête pour lui. Grisé par le parfum âcre et suave de son désir de femme, il écarta ses cuisses en douceur et plongea un doigt entre les plis soyeux.

— Alors, *skatta ?*

— Oui. Oh ! Ne t'arrête pas.

Elle se pressait contre sa main, l'invitant à la caresser encore. Peut-être n'avait-elle jamais goûté à ce genre de plaisir ? À cette idée, la glace qui lui enveloppait le cœur menaça de fondre. *Faen !* Elle était si innocente… Tout. Il voulait tout lui apprendre.

— Loin de moi cette intention, murmura-t-il. Mais ce sera plus confortable sur le lit.

Il l'étendit sur le matelas, lui retira escarpins et culotte et roula les bas le long de ses jambes.

— Voilà comment je t'imaginais en choisissant les bijoux que tu porterais au bal, dit-il d'une voix rauque. Nue sur mon lit, parée d'émeraudes assorties à tes yeux.

Eirik avait le regard luisant. Un regard de fauve. Arielle s'humecta les lèvres. C'était saisissant, et très excitant. Aucun homme ne l'avait jamais regardée ainsi, comme s'il s'apprêtait à la dévorer. Était-ce possible que la très ordinaire Arielle Tremain soit à l'origine de la métamorphose du très courtois prince Eirik en tigre affamé ?

— Je veux te faire l'amour, dit-il d'une voix éraillée en s'installant sur elle à califourchon. Tu me veux aussi, n'est-ce pas, ma belle sirène ?

Oh ! Oui, elle le voulait, et même avec une ardeur qui la stupéfiait. Rien à voir avec ce qu'elle avait éprouvé envers Jack… Elle couchait avec lui parce que c'était ce qu'il attendait d'elle, rien de plus. Pour elle, qui manquait cruellement d'assurance alors, mieux valait un petit ami inconsistant que pas de petit ami du tout. Eirik, c'était autre chose. Son instinct lui soufflait que le sexe avec lui serait tout sauf des culbutes décevantes sous la couette.

— Comment puis-je te donner du plaisir ? demanda-t-il à voix basse.

Arielle se mordilla la lèvre.

— Eh bien… Il semble un peu injuste que je sois nue et toi encore habillé, murmura-t-elle.

Il s'assit sur ses talons avec un sourire charmeur et lui prit les mains pour les placer sur sa chemise.

— Mais je t'en prie, déshabille-moi, *musaling.*

Arielle, qui n'avait jamais déshabillé qu'elle-même, dégrafa un bouton de ses doigts tremblants.

— Que signifie « *musaling* » ?

— Petite souris, répondit Eirik.

Elle fronça les sourcils.

— Les souris sont insignifiantes et ennuyeuses.

— Pas du tout. Pour moi ce sont des créatures mignonnes et timides.

« Timide », elle ?

Déterminée à lui montrer qu'elle n'était *pas* une presque novice paralysée par le trac, Arielle ouvrit grand la chemise d'un geste vif, arrachant les dernières boutonnières.

Quel corps sublime ! Elle effleura la peau dorée du torse sous son duvet de soie, glissa plus bas sur le dessin fascinant des abdominaux. Parvenue à la ceinture du pantalon, elle n'hésita qu'une fraction de seconde avant de dégrafer la boucle et abaissa lentement la fermeture Éclair.

— La suite, je m'en charge, grogna-t-il.

Sans la quitter du regard, il se leva et fit glisser le boxer sur ses hanches devant ses yeux éblouis.

Devant elle se dressait un prince viking aux yeux gorgés de désir. L'air vibrait de tension sexuelle. Alors qu'Arielle cherchait son souffle, Eirik posa les mains sur ses cuisses pour les ouvrir en douceur. Il tomba ensuite à genoux. Elle se mit à trembler en comprenant son intention. Un homme posant sur elle sa bouche, c'était son rêve secret depuis longtemps, et il était sur le point de se réaliser. Elle pouvait à peine y croire…

Avec une lenteur sûrement calculée pour aiguiser son impatience, il cala ses chevilles sur ses propres épaules et glissa les mains sous ses reins. Puis, la tête entre ses cuisses, il effleura son sexe de la pointe de la langue.

Tout le corps d'Arielle tressaillit. La caresse que lui prodiguait Eirik était d'une intimité d'autant plus choquante qu'elle le connaissait à peine, tout compte fait. Mais cela n'avait pas d'importance. Rien n'avait d'importance, pourvu que ces jeux bouleversants d'impudeur se poursuivent. Elle se sentait terriblement licencieuse de s'offrir ainsi au bon plaisir d'Eirik dans une position obscène, et c'était plus délicieux que tout ce qu'elle avait pu imaginer.

Très vite elle bascula dans une autre dimension, les mains crispées sur les draps, à peine consciente que les gémissements enroués qui emplissaient la chambre émanaient de sa propre gorge. Des doigts habiles entrèrent alors en action, étirant son sexe en douceur tandis que, dans le même temps, il refermait les lèvres sur son clitoris. Elle se sentit brusquement décoller, loin, très loin dans un ciel inconnu, soulevée par des ondes bienfaisantes…

Lorsqu'elle revint sur Terre, des larmes lui piquaient les yeux. La considération d'Eirik, la patience dont il faisait preuve pour l'emmener vers le plaisir menaçaient de désintégrer les murs si précieux abritant son cœur.

Il alla se protéger rapidement avant de revenir sur le lit. Même à ce moment, contre toute attente, il prit son temps et s'abstint de la presser.

— Tu me rends fou, *skatta*.

Hissé sur un coude, le dieu doré promenait une main tranquille sur la ligne fragile de sa gorge. Puis il la posa en coupe sur son sein et se pencha pour aspirer le téton dressé. Un violent frisson secoua Arielle, qui ravala un hoquet lorsqu'une main s'invita entre ses cuisses.

— Tu es fin prête pour moi, murmura-t-il. Je ne peux pas attendre plus longtemps…

— Moi non plus. Je te veux !

S'enhardissant, elle glissa à son tour la main entre leurs corps, vers le sexe dur et soyeux à la fois sous la caresse.

— Pas maintenant, gronda-t-il en repoussant sa main. Je suis tout près d'exploser. Ouvre plutôt les jambes.

Docile, alanguie, Arielle obéit et retint son souffle tandis qu'il la pénétrait lentement, millimètre après millimètre, lui laissant ainsi le temps de s'accoutumer à sa puissance.

— Je te fais mal ?

— Non.

Il n'avait pas à s'inquiéter. Tout son corps l'accueillait avec reconnaissance, et plus que tout elle tenait à ce qu'il prenne un plaisir au moins égal à celui qu'il lui avait donné tout à l'heure.

Comme il se retirait légèrement, elle creusa les reins et glissa les mains vers ses fesses pour l'attirer en elle.

Eirik marmonna quelques mots en fjernlandais et posa le front sur le sien pour chuchoter :

— C'est si bon pour moi, mais j'ai besoin que ce soit partagé…

— Ça l'est. Surtout si tu te tais.

Le rire étranglé d'Eirik vibra autour de son cœur. Leur connexion allait décidément bien au-delà du physique.

— Je ne dis plus rien, promit-il.

Il se remit à bouger, imprimant un rythme plus rapide, étourdissant, totalement addictif. Arielle enroula les jambes autour de ses hanches tandis qu'il s'invitait au plus profond de ses chairs. Il venait de lui donner avec sa bouche un plaisir inconcevable, pourtant voilà que son corps exigeait davantage. Elle sentait qu'un moment plus intense encore la guettait juste là, tout près, mais hors de sa portée, pour sa plus grande frustration.

— Détends-toi, murmura Eirik, et cela viendra.

Sur un nouveau coup de reins plus ferme qui la fit chavirer, il joua des doigts entre leurs corps joints, et le monde vola en éclats. Le plaisir la submergea, si puissant, si voluptueux qu'elle perdit toute notion d'espace et de temps, prise dans un maelström de sensations.

Eirik plongeait encore, de plus en plus vite. Sentant son urgence, elle arqua le dos à sa rencontre. Il se tendit, poussa un grognement sauvage et son grand corps frémit violemment avant de s'affaler sur elle.

Arielle accueillit avec bonheur ce poids qui la pressait contre le matelas. Les bras verrouillés sur son dos, elle tourna le visage dans son cou et baisa sa peau, savourant la sueur salée. Elle aurait aimé qu'ils restent là pour toujours, bras et jambes emmêlés, cœurs battant à l'unisson. Seulement les vœux devenaient rarement réalité et, au bout d'un moment, Eirik se détacha d'elle et roula sur le lit.

La sensation de sécurité qu'elle avait trouvée dans ses bras lui manqua aussitôt. Refoulant une envie folle de se blottir contre lui, elle se lança la première avant de l'entendre dire qu'il regrettait ce qui venait de se passer.

— Cela n'aurait jamais dû arriver, murmura-t-elle.

— Sans doute. Pourtant c'est arrivé. Et très bientôt cela arrivera encore.

Il y avait de l'amusement dans sa voix. Il se tourna vers elle et se dressa sur un coude pour dégager des mèches humides de son visage. Arielle crut lire de la tendresse dans ses yeux. Son imagination lui jouait des tours, sûrement.

Il sourit devant son air surpris et lui saisit la main pour l'approcher de son sexe qui se réveillait déjà.

— Nous avons toute la nuit pour profiter l'un de l'autre et je ne compte pas en gaspiller une seconde, *min prinsessa*.

8.

Eirik s'éveilla dans le gris des brumes précédant l'aurore. Ses yeux mi-clos captèrent un trait de lumière dans l'interstice des rideaux. Une nouvelle journée s'annonçait – et avec elle le retour au réel.

Cette nuit avec Arielle avait été incroyable. Ses muscles étaient encore endoloris par les ébats les plus ébouriffants qu'il ait jamais connus. Ils avaient fait l'amour à plusieurs reprises et, une fois leur désir mutuel enfin rassasié, elle s'était blottie contre lui tel un chaton repu. Il avait dormi profondément pour la première fois depuis la mort de son frère. Seulement, penser à Niels revenait à ouvrir la boîte de Pandore et lui rappelait que le devoir devait passer avant ses aspirations personnelles.

Dommage qu'il ait oublié cette règle d'or cette nuit.

Soudain glacé, Eirik tourna la tête vers Arielle encore endormie. Ses boucles impitoyablement lissées pour le bal avaient recouvré leur naturel rebelle, ses cils auburn ombraient ses joues. Le drap avait glissé, révélant un sein crémeux couronné d'un téton rose qu'il ferait saillir sous sa langue, pour peu qu'il succombe à la tentation de la poser sur elle…

Oui, cette nuit avait largement dépassé ses attentes. Cependant un programme chargé l'attendait aujourd'hui. Il se rembrunit en se remémorant qu'il avait appelé Arielle sa « princesse » dans le feu de la passion. De toute évidence elle ne pourrait jamais être princesse consort. À supposer même qu'il puisse épouser qui lui chantait, son choix ne se porterait pas sur elle. Non que leur différence de statut social le préoccupe. Il croyait fermement à l'égalité des hommes, seul le destin l'avait fait naître prince. Seulement, la tragédie qui avait fait de lui le prochain monarque était arrivée par sa faute. La seule personne au monde chère à son cœur avait trouvé la mort. Il ne méritait pas l'amour et n'en voulait pas. Sa future épouse devrait comprendre qu'il aspirait à une relation épurée de tout sentiment.

Même sans connaître bien Arielle, il la devinait sentimentale et romantique, en quête d'amour. Elle devait comprendre qu'elle ne trouverait pas son compte avec lui. Pour cela le meilleur moyen n'était *pas* de se laisser glisser entre les draps pour la réveiller de la pointe de la langue. Assurément non…

Le souvenir du plaisir que lui avait procuré cette caresse-là, des sons incontrôlés qui lui avaient échappé au moment de jouir contre sa bouche, l'excita instantanément. Jurant dans sa barbe, il se glissa hors du lit, cap sur la douche, glacée de préférence.

Planté sous le jet punitif, Eirik tenta de comprendre pourquoi quitter Arielle se révélait si difficile alors qu'il n'avait jamais eu de problème à classer ses maîtresses dans un dossier « Temporaires ». Peut-être parce qu'elle l'avait vu dans toute sa fragilité d'homme dans la crique de la Fée. Elle lui plaisait. Il se sentait une connexion avec elle. Son travail de préservation du milieu marin l'intéressait. Ils auraient pu devenir amis, s'il n'avait laissé sa libido l'emporter sur le bon sens.

Il secoua la tête en cherchant dans le dressing l'uniforme de rigueur pour la cérémonie militaire qui l'attendait tout à l'heure. Une amitié platonique avec une sirène ! De qui se moquait-il ? Il avait espéré dissiper le charme en couchant avec elle. Le frisson de la nouveauté, la chasse, la reddition finale, tout cela ne durait qu'un temps, en toute logique. Mais à son retour dans la chambre, la vue d'Arielle étendue sur le drap de satin, ses boucles rousses étalées sur l'oreiller, suscita chez lui une envie féroce de réveiller la Belle au bois dormant d'un baiser qui dégénérerait vite en tumulte des corps.

Le doute n'était plus permis. Il était bel et bien dans le pétrin.

— Arielle, réveille-toi.

La voix brusque d'Eirik tira Arielle d'un rêve érotique mettant en scène les mille et une manières exquises dont il avait fait exulter son corps la nuit durant.

Rouvrant les yeux à regret, elle découvrit un inconnu.

Sanglé dans un uniforme bleu marine orné d'épaulettes et de boutons dorés, une écharpe de soie rouge drapée sur une épaule et nouée à la taille, une série de médailles accrochées sur la poitrine, Eirik resplendissait. Rasé de frais, ses cheveux blonds peignés en arrière, il avait l'allure du prince séducteur des contes de fées… à ceci près qu'il ne souriait pas. Il semblait distant. Le chapitre où il était censé la réveiller d'un baiser lui avait clairement échappé.

— Il faut que tu te lèves, dit-il d'un air sombre.

— J'en déduis que ma présence dans ta chambre à coucher n'est plus requise, Votre Altesse, répliqua sèchement Arielle, déterminée à ne pas montrer combien sa brusquerie la blessait.

Elle s'assit, le drap serré sur sa poitrine, les yeux sur le visage d'Eirik qui avait légèrement rosi.

— Nous ne pouvions passer qu'une nuit ensemble et nous le savions tous les deux, répliqua-t-il.

Arielle hocha la tête.

— Donne-moi cinq minutes et je ne serai plus dans tes pattes, dit-elle sur le même ton glacial.

Elle repéra une flaque de velours vert sur le tapis, là où avait atterri sa robe de bal défaite par Eirik la veille.

— J'ai laissé mon bagage avec un rechange dans ma chambre, dans l'aile des invités…

— J'ai chargé Gustav d'apporter tes affaires ici, dans ma suite, dit Eirik en désignant son sac posé un peu plus loin sur une chaise. Je te laisse t'habiller. J'ai un rendez-vous ce matin. Mon secrétaire te ramènera à l'Institut.

Tout pressé qu'il était, il prit le temps de la regarder se lever maladroitement, enroulée dans le drap de satin.

— C'est un peu tard pour la pudeur, commenta-t-il d'une

voix traînante. La nuit dernière j'ai embrassé chaque parcelle de ce corps, miss Tremain.

— La nuit dernière nous étions amants. Nous ne le sommes plus aujourd'hui.

Les larmes montaient. S'il pouvait disparaître avant qu'elle s'humilie en perdant son sang-froid devant lui…

— Cet uniforme et sa collection de médailles me laissent penser que tu es attendu à un événement royal ?

— Un défilé de fin d'études à l'École navale, confirma Eirik. C'est un jour important pour les cadets. Je présiderai la cérémonie en ma qualité de Haut Commandant de la Marine du Fjernland.

— Je ne savais pas que le Fjernland disposait de sa propre armée.

— Nous fonctionnons conjointement avec les forces armées danoises. Ces médailles, je les ai gagnées pendant les quatre années où je servais comme officier naval. J'ai été basé un temps à bord d'un patrouilleur dans l'Arctique. Mon unité était chargée de surveiller les polluants dans les écosystèmes de la zone, dont le plastique. C'est ce qui m'a conduit à fonder l'Institut, pour tenter de protéger les océans.

Eirik avait-il conscience de la fierté qui perçait dans sa voix dès qu'il mentionnait le Fjernland ?

— Une fois nommé souverain régnant, tu auras les moyens de te concentrer sur les questions essentielles et d'engager des changements si tu les estimes nécessaires pour le bien du pays. Devenir monarque ne sera peut-être pas aussi pénible que tu le penses.

Il la considéra un instant en silence.

— Peut-être, concéda-t-il enfin. Arielle…

— Nous sommes deux étoiles lancées sur des trajectoires différentes, je sais. Pour ce que ça vaut, je pense que tu seras un grand souverain.

Il fit un pas vers elle, mais au même instant on frappa à la porte de la suite.

— Je dois partir, dit Eirik en soupirant après un coup d'œil à sa montre. Sinon je serai en retard pour la cérémonie.

En chemin vers la porte, il s'arrêta brusquement et se retourna. Même à distance, Arielle sentit la chaleur de son regard.

— Je ne suis pas prêt à ce que ceci prenne fin, avoua-t-il tout bas. À ce que *nous* prenions fin.

Ce « nous » transperça le cœur d'Arielle. Puis elle se remémora qu'Eirik ne voulait que du sexe, tandis qu'elle courait le risque de tomber amoureuse de lui.

— Cela doit s'arrêter, dit-elle posément. Tu le sais comme moi. Je ne pourrai jamais appartenir à ton monde.

— Bonjour, miss Tremain.

Gustav se leva à l'entrée d'Arielle dans le salon et jaugea du regard son jean moulant et son pull trop grand qui glissait de son épaule. Était-il en train de la comparer à l'élégante Ida Lundberg ? Son regard aiguisé s'attarda sur ses yeux cernés. Après tout, se dit-elle, qu'avait-elle à faire de ce que pouvait penser d'elle le secrétaire particulier d'Eirik ?

— Je suis prête à partir, déclara-t-elle, le menton haut.

Gustav l'escorta dans les couloirs et lui fit quitter le palais incognito par une porte dérobée. Eirik tenait visiblement à ce que nul autre que son fidèle serviteur ne sache qu'il avait passé la nuit avec une roturière…

Maks bondit à leur rencontre et pressa le museau dans sa main.

— Au revoir, toi, dit-elle d'une voix étranglée en lui caressant la tête.

Gustav avait mis son sac dans le coffre, à présent il parlait au téléphone en fjernlandais tout en coulant des regards dans sa direction. Arielle se glissa sur le siège arrière et tenta d'arrêter Maks qui faisait mine de bondir dans la voiture.

— J'adorerais t'emmener avec moi, mais j'ai bien peur que ce soit impossible…

— Il peut venir avec nous, décréta Gustav en s'installant au volant.

Le grand chien s'installa près d'elle, la tête calée sur son genou. Heureuse de cette compagnie, Arielle ferma les yeux, bercée par la conduite souple de Gustav après la dépense d'énergie de la nuit, dont le souvenir lui échauffait les joues. Peut-être adopterait-elle un chien, une fois installée quelque part. Elle avait décidé de ne pas prolonger son contrat à l'Institut après les six mois réglementaires. D'ici là Eirik aurait célébré ses noces, et voir son couple s'étaler dans la presse serait trop douloureux. Elle avait toutefois suffisamment confiance en elle désormais pour chercher ailleurs un emploi dans la préservation marine. Valdemar, impressionné par son travail, lui fournirait de bonnes références.

Elle se demanda si Frida avait mis son bébé au monde. Dans son dernier message, Valdemar disait qu'il serait peut-être nécessaire de déclencher le travail plus tôt que prévu. Elle en saurait sûrement davantage en arrivant à l'Institut…

En regardant par la vitre, elle s'étonna de voir que la route grimpait toujours, droit vers les glaces éternelles. Gustav roulait le long d'un lac turquoise dominé par une haute montagne. Le glacier étincelait au soleil, mais au-dessous la prairie était émaillée de fleurs sauvages multicolores. La voiture s'arrêta devant un ravissant chalet en bois au bord du lac.

— Où sommes-nous ? demanda Arielle en mettant pied à terre, suivie de Maks. Pourquoi m'avez-vous amenée ici ?

— Le prince Eirik m'a donné pour instruction de vous conduire au chalet. C'est son refuge privé. Il a prévu de vous rejoindre plus tard.

— Mais je ne veux pas rester ici, moi !

Le décor rustique du chalet ne manquait pas de charme. On s'y sentait tout de suite chez soi, avec ces tapis colorés, ces plaids douillets, ces coussins rebondis sur les canapés et la cuisine aux tons clairs, garnie d'une solide table en chêne. Mais tout de même, c'était un peu fort !

— J'exécute les ordres du prince, dit Gustav. Le chalet possède tous les équipements nécessaires à votre confort et le cellier ainsi que le congélateur sont remplis de vivres. Maks restera avec vous.

— Je veux parler au prince Eirik, grommela Arielle en sortant son téléphone. Puis-je avoir son numéro ?

— Le prince ne peut en aucun cas être dérangé pendant ses obligations royales, se récria Gustav. Par ailleurs, le réseau mobile est de piètre qualité dans les montagnes.

Il avait raison. Arielle se mit à arpenter le chalet de long en large pour capter une connexion, en pure perte. Le bruit d'un moteur la propulsa au-dehors. Le secrétaire particulier d'Eirik était déjà reparti.

Soit, songea-t-elle peu après en marchant jusqu'au lac accompagnée du fidèle Maks, ce n'était pas le pire endroit où se retrouver coincée. Le lac, qui n'était pas chauffé par géothermie, se révéla trop froid pour lui permettre de nager sans combinaison. Le paysage était somptueux, mais l'idée d'Eirik séjournant dans ce lieu tranquille, complètement isolé, sans boîte de nuit ni le moindre casino en vue, ne cadrait pas avec son médiatique de prince play-boy…

De retour au chalet, elle fouilla dans le congélateur pour trouver de quoi grignoter, tout en espérant qu'Eirik arriverait bientôt. Elle insisterait alors pour qu'il la ramène chez elle à l'Institut. Pourquoi diable l'avait-il envoyée dans les montagnes ? C'était incompréhensible. Elle se remémora qu'il n'était pas prêt, selon ses propres dires, à mettre fin à ce qui se passait entre eux. Se pouvait-il qu'il projette de passer une autre nuit avec elle ? Elle se mordit la lèvre. Eirik n'avait peut-être aucune difficulté à séparer le désir physique des sentiments plus profonds, mais elle n'était pas sûre de pouvoir en faire autant.

Elle déjeuna de crackers et d'abricots secs trouvés dans le cellier, et Maks d'une boîte de pâtée. Eirik disposant d'une intéressante collection de livres au chalet, elle choisit un thriller qui avait d'excellentes critiques de presse et s'absorba un bon moment dans l'intrigue. Lorsque le soleil bascula derrière la montagne, le froid commençant à gagner elle alluma le poêle à bois. Une autre heure passa. Toujours aucune nouvelle d'Eirik. À supposer qu'il lui ait envoyé un message, le réseau était trop faible pour qu'elle le reçoive…

Comment osait-il l'abandonner à des kilomètres de toute civilisation ? Ce sentiment d'être réduite à l'impuissance lui rappelait son adolescence douloureuse sous la coupe de son père. Elle n'avait pas droit au chapitre. Son père la traitait comme une bonne à tout faire et à l'école les enseignants ne la remarquaient guère, du fait de sa timidité. Aujourd'hui, voilà qu'Eirik avait pris le contrôle de sa vie. Elle n'avait aucun moyen de quitter ce chalet. Elle y resterait prisonnière de fait jusqu'au moment où il aurait décidé de la relâcher…

Sa rage croissant de minute en minute, Arielle ouvrit la porte d'entrée à la volée et sortit sur le perron. La lune était cachée derrière les nuages, l'obscurité impénétrable.

— Il y a quelqu'un ? hurla-t-elle.

Silence.

Se sentant plus insignifiante que jamais, Arielle retourna à l'intérieur en refoulant ses larmes.

Plusieurs heures s'écoulèrent encore. Elle devina qu'Eirik n'arriverait pas. Elle allait donc passer la nuit dans le chalet avec le chien pour unique compagnie. Décidant qu'elle ferait aussi bien d'essayer de dormir, elle alla se changer. Frissonnant dans sa jolie chemise de nuit en coton à l'ancienne peu adaptée à une nuit glaciale, elle s'enveloppa dans une couverture de laine jaune paille toute douce avant de se pelotonner sur le canapé devant le feu.

Elle se réveilla en sursaut en entendant Maks se lever pour trottiner vers la porte. Un bruit de pas au-dehors. Arielle fut aussitôt en alerte. Souvent la nuit, dans le cottage, elle se cachait sous le drap en entendant des voix inconnues résonner au rez-de-chaussée. La seule fois où elle avait osé demander à son père qui étaient les visiteurs… Sa main se leva par automatisme vers la cicatrice sous son œil gauche. La poignée de la porte tourna. Le cœur affolé, elle saisit les pinces à feu, prête à se défendre…

La porte s'ouvrit et Eirik entra, salué par les joyeux aboiements de Maks. Il sentait l'air glacé et l'eau de toilette musquée. Arielle fondit à sa vue. En jean noir et pull crème épais, il était à tomber. Elle lâcha les pinces pour ne pas être tentée de s'en servir contre lui tandis qu'il approchait, un sourire nonchalant au coin des lèvres.

— Hey, bébé…

— Ce culot ! s'écria Arielle.

Il haussa les sourcils.

— Un problème ?

— Le seul fait que tu poses la question l'aggrave encore, gronda-t-elle, furieuse.

— Si un conflit s'annonce, dit-il en levant les mains, puis-je souligner que je serai incapable de me disputer avec un gros poussin aussi mignon ?

— Va au diable, Eirik, pesta Arielle en se débattant pour s'extraire de la couverture de cashmere. Tu n'avais pas le droit d'ordonner à ton serviteur de m'abandonner au milieu de nulle part !

— J'ai chargé Gustav de t'emmener au chalet…

— Mais tu ne m'as pas demandé si j'avais envie de faire du tourisme !

— Je n'étais pas sûr que tu accepterais.

— Et donc, tu m'as fait kidnapper puis conduire ici contre ma volonté…

— C'est un peu exagéré, marmonna Eirik en plongeant les doigts dans ses cheveux. Écoute…

— Non ! C'est toi qui vas m'écouter, dit Arielle en lui martelant le torse d'un index vengeur, bien décidée à élever la voix cette fois sans se laisser impressionner. Tu as pris une décision sans me consulter et sans mesurer les conséquences sur ma carrière. De quoi aurai-je l'air, après m'être absentée sans prévenir aujourd'hui ? J'ai tenté de joindre Valdemar, mais je n'avais pas de réseau. Il a suffisamment de soucis avec la grossesse de Frida, il a besoin de savoir qu'il peut compter sur moi pour faire mon travail !

— Ton absence aujourd'hui sera passée inaperçue, répliqua posément Eirik. C'est un jour férié.

— Oh.

Arielle se souvint en effet de Valdemar soulignant qu'elle pouvait savourer le champagne pendant le bal puisqu'elle n'aurait pas à se lever tôt le lendemain.

— Demain, c'est le week-end, reprit Eirik, et lundi est aussi une fête nationale. J'ai réussi à dégager mon emploi du temps pour que nous passions deux jours pleins ici ensemble. Je comptais te rejoindre beaucoup plus tôt, mais ma mère a organisé un dîner d'anniversaire surprise en mon honneur et je n'ai pas pu m'échapper.

Arielle se mordilla la lèvre.

— J'avais oublié ton anniversaire. Mais cela ne change rien, je n'ai pas eu mon mot à dire sur le fait de te revoir ou non. Tu crois que tu peux tout faire selon ton bon plaisir parce que tu es prince et que je ne suis rien !

Il fronça les sourcils.

— Tu n'es *pas* rien.

— C'est pourtant l'impression que tu me donnes. Sûrement parce que tu me crois tout juste bonne pour des galipettes secrètes. Ida Lundberg était-elle présente à ce dîner d'anniversaire ?

Eirik s'avança vers un placard, en sortit une bouteille de whisky, servit deux verres et lui en tendit un. Arielle y trempa les lèvres. L'alcool coulant dans sa gorge la fit tousser.

— Non, Ida n'était pas là, dit-il enfin. La dernière sélection des prétendantes opérée par ma mère incluait une débutante de la haute société anglaise, lady Laura Hammett, qui vient précisément de ton coin d'Angleterre. Son père possède un domaine près de Truro.

— Earl Hammett possède une bonne partie des Cornouailles, marmonna Arielle. Je suis sûre que lady Laura ferait une princesse consort parfaite.

Eirik avala d'un trait son whisky.

— Je ne m'intéresse ni à Laura ni à aucune autre.

Sa voix rauque fit courir un frisson sur la peau d'Arielle. Il lui prit son verre des mains et le posa près du sien sur la table basse.

— Toi seule me plais, dit-il en glissant la main sur sa nuque pour l'attirer vers lui.

Son cœur battait, battait... Sa cervelle savait pourtant qu'il aurait fallu résister au charme du prince, mais...

— Je pensais qu'une nuit avec toi suffirait, mais je me trompais. Nous sommes hautement compatibles au lit, voilà tout, ajouta-t-il d'une voix tendue. Le fait est que je suis incapable de regarder une autre femme alors que j'ai faim de toi.

Cet aveu toucha Arielle au cœur. Il avait envie de passer le week-end avec elle... Et comment nier que c'était exactement ce qu'elle voulait aussi ? Elle ne cessait de penser à leur nuit d'amour, à la passion dont il avait fait preuve, teintée d'une infinie patience qui lui avait laissé tout le loisir d'explorer sa propre sensualité.

Comme Eirik s'inclinait vers sa bouche, elle attendit un baiser... qui ne vint pas.

— Avant d'aller plus loin, dit-il d'une voix bourrue, je dois t'avertir de ne pas tomber amoureuse de moi.

La croyait-il stupide à ce point ? Arielle inspira à fond et compta jusqu'à dix avant de répliquer :

— Tu vas avoir besoin d'un chalet plus grand pour y loger ton ego !

D'abord stupéfait, Eirik éclata de rire.

— Je n'ai jamais rencontré quelqu'un comme toi, dit-il en recouvrant son sérieux. Tu n'as pas peur de dire ce que tu penses... C'est la première fois que j'ai envie de rire depuis la mort de mon frère.

Il tendit la main pour caresser ses boucles.

— Au risque de me faire descendre en flammes, je dois avouer que tu es encore plus belle lorsque tu es en colère.

— Je ne perds jamais mon sang-froid, d'habitude, avoua Arielle.

Les sautes d'humeur imprévisibles de son père l'avaient amenée à refouler systématiquement ses émotions. Même au décès de sa mère elle s'était réfugiée dans sa chambre pour sangloter. « Cesse de pleurnicher ! » avait ordonné son père. La cicatrice sur son visage, récoltée l'unique fois où elle lui avait tenu tête, lui rappelait en permanence le contrôle qu'il exerçait sur elle…

Eirik, lui, ne lui faisait pas peur. Il ne lui ferait jamais de mal physiquement, elle le savait. Son cœur, c'était une autre histoire – mais il ne tenait qu'à elle de se préserver d'une dérive sentimentale dans cette relation qu'il souhaitait purement sexuelle. Portée par la confiance que lui inspirait cet homme, elle avait pu exprimer sa colère pour la première fois de sa vie. Quelle libération ! Que pouvait-il lui apprendre encore sur elle-même ? Il lui tardait de le découvrir.

Elle gémit en lui abandonnant ses lèvres, qu'il effleurait avec délicatesse.

— Une dernière chose, murmura-t-il. Je ne voudrais pas être accusé de te priver du droit de choisir. Préfères-tu faire l'amour ici sur le tapis devant le feu, ou dans le lit ?

— Ici d'abord, au lit ensuite, répliqua Arielle, les mains enfouies sous le pull pour caresser le ventre ferme d'Eirik. Et après cela…

— Oui ?

— La table de la cuisine m'a donné des idées, confessa Arielle en rougissant jusqu'au front.

Comment diable allait-il survivre à cette femme ?

Le cocktail intrigant de sensualité et de candeur chez elle n'en finissait pas de charmer Eirik. À son vif soulagement, elle avait compris que les sentiments n'avaient pas leur place dans leur relation. Les limites nécessaires ayant été posées, il pouvait se détendre et savourer une brève aventure avec elle.

Facile à dire… Une fois débarrassé de son pull, il se sentit tout sauf détendu lorsque deux tétons durcis lui chatouillèrent le torse. Le cœur battant, il fit glisser les bretelles de la chemise de nuit sur les épaules d'Arielle. La rangée de boutonnières sur le devant mit sa patience à l'épreuve mais, refoulant une envie de déchirer tout ça vite fait, il se concentra pour déballer le plus beau cadeau d'anniversaire qu'il aurait pu souhaiter. La chemise enfin envolée, il empauma ses seins et se mit à jouer doucement avec les aréoles, lui arrachant des râles de gorge.

Le désir pulsait dans ses veines avec la vigueur d'un tambour païen. Il se détacha légèrement d'Arielle pour regarder danser la lumière des flammes sur ses courbes pulpeuses tout en achevant de se dévêtir. Comme elle retenait son souffle à la vue de son membre dressé, tout prêt à l'étourdir de plaisir, il l'embrassa passionnément.

— Mets tes jambes autour de moi et accroche-toi !

Elle obéit. Ensemble, ils se laissèrent glisser sur le tapis.

Il connaissait si bien son corps. Il savait si bien ce qu'elle aimait… Il lui écarta les jambes, effleura le triangle de boucles rousses abritant sa féminité, huma le parfum âcre de son désir, délicieusement aphrodisiaque.

— Je veux te goûter, dit-il avant de joindre aussitôt le geste à la parole.

Arielle balbutia quelques mots inaudibles, soulevant les hanches à sa rencontre. La tentation était grande de la faire jouir avec sa langue, mais son propre corps était en proie à une tension trop violente. Il se hâta de se protéger avant de la pénétrer en douceur et gémit de bonheur en s'enfonçant dans sa chaleur veloutée.

— Tu me rends fou, *skatta*…

Le sexe n'avait jamais été aussi intense avec ses précédentes maîtresses, ni son sang-froid autant malmené. Il entama un lent va-et-vient et cette impression s'accentua comme elle épousait sa cadence. Les dents serrées, il dut batailler pour contenir la vague qui menaçait de l'emporter à tout moment et comprit vite qu'il ne tiendrait pas longtemps. À présent qu'ils connaissaient leurs secrets respectifs, leurs corps dansaient en connexion parfaite, synchrones jusque dans le tourbillon des sensations.

— Eirik ! cria soudain Arielle, secouée de spasmes.

Il l'embrassa voracement, plongeant la langue entre ses lèvres au moment même où il plongeait dans son sexe. Et le plaisir le submergea. Un orgasme puissant, le plus violent de sa vie. Il s'abattit sur Arielle, les lèvres sur sa gorge tendre.

Un long moment plus tard, il se souleva à regret et roula sur le dos, le temps que son pouls reprenne son rythme normal. C'était juste du sexe époustouflant, se dit-il pour se rassurer. L'attirance irrépressible qu'il éprouvait pour Arielle ne pouvait pas durer. Elle finirait par s'estomper. Avec un peu de chance. Mais d'ici là…

Il tendit la main et l'amena sur lui, ignorant résolument l'étrange serrement de cœur qu'il éprouva lorsque le corps d'Arielle se moula contre le sien comme si elle était faite pour lui, et lui seul.

9.

— Tu viens skier ici, l'hiver ?

Eirik s'étira voluptueusement avant d'ouvrir les yeux. Assise sur le lit, Arielle contemplait par la fenêtre le Vredkaempen, surnommé le Géant, dont les arêtes vives et les flancs saupoudrés de neige se découpaient dans le lointain, plongés dans l'ombre au crépuscule.

— Non, dit-il. Le terrain n'est pas praticable. La seule station de ski du Fjernland est à quelques kilomètres d'ici.

— C'est là que tu skiais avec ton frère le jour de l'avalanche ?

Eirik se redressa pour s'adosser à la tête de lit. C'était dimanche après-midi. Ils avaient à peine quitté la chambre de tout le week-end, exception faite d'un raid en cuisine lorsque la faim de nourriture l'avait emporté sur la faim de l'autre. Arielle avait préparé des pancakes à la confiture d'airelles. Ils s'étaient mutuellement donné la becquée, puis il avait pris Arielle dans ses bras pour la déposer sur la table et festoyer entre ses jambes…

— Nous étions dans les Alpes françaises, expliqua-t-il. Dans une station que nous connaissions déjà. Niels a eu envie d'y retourner lorsque j'ai suggéré un séjour en montagne. Les conditions étaient parfaites, rien ne laissait présager une avalanche.

Il se remémora son choc, lorsqu'il s'était retourné et avait vu l'énorme paquet de neige dévaler la pente. Depuis, il n'avait évoqué son frère qu'avec Catalina, pleurant avec elle l'être qu'ils avaient aimé l'un et l'autre. Mais ces deux derniers jours, pendant les pauses d'après l'amour, il avait abordé toutes sortes de sujets avec Arielle et s'était laissé aller à des confidences qui l'étonnaient lui-même.

— Niels skiait mieux que moi, ajouta-t-il avec un soupir. Depuis l'adolescence ma passion est la voile, je préfère être sur l'eau plutôt que sur les pistes. Il est d'autant plus absurde que Niels ait succombé et que j'aie survécu. C'est l'inverse qui aurait dû se produire.

— Tu n'aurais rien pu faire pour empêcher l'avalanche, dit posément Arielle. Comme je n'aurais rien pu faire moi-même pour empêcher ma mère de se noyer. Le destin est quelquefois cruel.

Eirik jouait du bout des doigts avec une boucle rousse.

— Je croyais que ta mère était malade. Alors c'était un accident ? Tu étais jeune, n'est-ce pas ?

— J'avais onze ans. L'été juste avant le collège… Nous étions parties nager toutes les deux. C'était une excellente nageuse, titulaire d'un brevet de nageur-sauveteur. Le temps était calme, nous avons contourné le cap avec masque et tuba. Le vent s'est levé d'un coup, une vague énorme s'est formée. Maman a eu la présence d'esprit de me hisser sur une saillie rocheuse, mais la vague l'a prise alors qu'elle essayait de grimper après moi.

— Quelle horreur, murmura Eirik en attirant Arielle contre sa poitrine.

— Tout s'est passé si vite… Elle a disparu en une seconde sous mes yeux.

— Comme je te comprends ! L'avalanche a littéralement avalé mon frère alors qu'il tentait de fuir. J'ai prié pour la première et unique fois de ma vie, confessa-t-il à voix basse. Prié pour que Niels soit retrouvé vivant… Son corps a été découvert trois jours après.

Il resserra son étreinte, rêvant de pouvoir protéger Arielle de la douleur des souvenirs. Voir sa mère se noyer à ses pieds…

— Je me sens coupable de ne pas avoir sauté à l'eau pour l'aider, chuchota Arielle. Je suis restée en état de choc, agrippée aux rochers, jusqu'au moment où un bateau m'a repérée.

Eirik lui releva le menton. Son cœur se serra à la vue des larmes qui perlaient sous ses cils.

— Tu n'aurais rien pu faire pour sauver ta mère. Il faut t'en persuader.

Arielle hocha la tête.

— Exactement comme toi pour ton frère.

— Je sais, marmonna Eirik. On se sent si impuissant. Après sa mort, je culpabilisais d'être encore en vie. Niels n'était pas seulement meilleur skieur que moi, il était aussi le meilleur fils et il aurait été un meilleur souverain.

— Tu ne peux pas penser cela. Ce n'est pas vrai ! s'écria Arielle avec feu.

Elle posa la main sur sa joue. Son regard intense était riche de toute la force de persuasion du monde. Eirik tourna la tête pour baiser sa paume. S'il fallait livrer bataille, Arielle serait la meilleure des alliées.

— Merci…

— Parfois les événements échappent à notre contrôle, dit-elle à voix basse.

Comme cette relation entre eux, qui dépassait ses intentions. Eirik baissa la tête. Il avait perdu le compte du nombre de fois où il lui avait fait l'amour et chaque fois, c'était encore meilleur. Leur compatibilité physique était hors normes… mais il y avait autre chose aussi. Il l'aimait bien. Et c'était une première. Naguère il se souciait peu de la personnalité de ses maîtresses. Un corps l'attirait, s'ensuivait une brève liaison, ou plus souvent un coup d'un soir, après quoi il passait à une autre jolie femme qui lui avait tapé dans l'œil.

Arielle, c'était différent. Il voulait tout savoir sur elle. Il se sentait en devoir de la protéger. Il l'avait amenée au Fjernland après le saccage de son atelier, alors qu'il aurait très bien pu missionner deux de ses gardes pour veiller sur elle en Cornouailles. Au fait, pourquoi donc avait-elle insisté pour ne pas porter plainte ?

— En dépit de longues recherches, reprit-elle, le corps de

ma mère n'a jamais été retrouvé. Le courant l'a sans doute emporté au large.

— Comment se fait-il que tu aimes autant nager malgré cela ? Tu as risqué ta vie pour sauver la mienne, sans craindre la puissance de l'océan…

Le sourire attendri qu'elle esquissa donna envie à Eirik de la préserver de toutes les cruautés de l'existence.

— Maman croyait à l'existence des sirènes. Elle avait peut-être raison… Lorsque je plonge avec la monopalme, je me sens proche d'elle.

— Et ton père ? demanda Eirik, les lèvres dans ses cheveux. Tu ne l'évoques jamais.

À ces mots, Arielle se raidit et se dégagea de ses bras.

— Je préfère ne pas en parler. C'est… difficile.

Eirik avait le vague souvenir de l'avoir entendue dire que ses deux parents étaient décédés. Peut-être avait-elle perdu récemment son père, et dans ce cas le sujet était encore douloureux…

Il fronça les sourcils. Pourquoi se sentait-il frustré et même *blessé,* bon sang ! d'être ainsi tenu à distance ? D'un mouvement fluide, il attira Arielle sur lui, posa les mains en coupe sur ses joues et baisa son visage sans défaut, hors la petite cicatrice sous l'œil gauche.

— Comment t'es-tu fait ça ? s'enquit-il doucement en l'effleurant du pouce.

Elle détourna les yeux.

— Oh ! Cela remonte à des années. Je… j'ai trébuché, et je me suis cognée contre un coin de table.

Là-dessus, elle se redressa et se mit à onduler des hanches sur son sexe. L'effet fut immédiat. Eirik se sentit durcir.

— Il y a des choses plus agréables à faire au lit que discuter, tu ne crois pas ? susurra-t-elle d'une voix enjôleuse.

Il lui abandonna les commandes et s'entendit grogner comme elle s'empalait lentement sur lui. Ses boucles indomptables voletant autour des épaules, les yeux d'un vert plus sombre que jamais, elle était absolument irrésistible et l'entraîna une nouvelle fois vers un plaisir inouï.

Plus tard seulement, alors qu'ils reprenaient leur souffle, serrés l'un contre l'autre, il se demanda pourquoi Arielle avait menti sur l'histoire de sa cicatrice.

La météo s'était dégradée, comme l'humeur d'Arielle. En s'engageant dans la cour de l'Institut de recherche marine du Fjernland, Eirik souleva des gerbes d'éclaboussures. La pluie fouettait le sentier près de la plage. Mardi matin, déjà. Ils avaient quitté très tôt le chalet pour qu'elle arrive à temps pour reprendre son poste au laboratoire. La conversation pendant le trajet vers la côte avait manqué de naturel. Eirik semblait absorbé dans ses pensées et même Maks ne bronchait pas sur la banquette arrière, le museau entre les pattes.

— J'ai comme une impression de déjà-vu, marmonna Arielle comme Eirik se garait sur le parking noyé sous la pluie. Tu m'as déposée ici il y a deux semaines et demie, je t'ai souhaité bonne chance dans ta quête d'une épouse.

La remarque déplut visiblement à Eirik, qui se rembrunit. Qu'à cela ne tienne, il ne devait pas se douter que son cœur se sentait aussi fragile que du verre filé.

— Il est de mon devoir de me marier, répliqua-t-il.

— Que se passerait-il si tu restais célibataire, sans héritier mâle ?

— L'héritier du trône n'est pas obligatoirement un garçon. Si mon premier enfant est une fille, elle sera la future souveraine.

Arielle se représenta Eirik tenant dans ses bras une petite fille blonde, aux yeux de la couleur d'un ciel d'été. En épousant Ida Lundberg il aurait des enfants magnifiques, songea-t-elle avec une pointe d'envie.

— Pour répondre à ta question, reprit-il, si je n'ai pas d'héritier légitime pour me succéder sur le trône, alors, en vertu de la Constitution, le Fjernland deviendra un protectorat du Danemark. En termes simples, le Fjernland ne serait plus une principauté et perdrait son statut d'État indépendant conquis de haute lutte au xe siècle.

Eirik se frotta la joue. Il ne s'était pas rasé depuis quelques jours et cette barbe naissante ajoutait encore à son charme.

— D'après un récent sondage, quatre-vingt-dix-huit pour cent de la population veut un régime monarchique. Je ne laisserai pas tomber mes parents, ni le peuple fjernlandais.

La pluie s'étant un peu calmée, il mit pied à terre, sortit du coffre le sac de voyage d'Arielle et vint lui ouvrir la portière.

— Attends ici, ordonna-t-il à Maks.

Du coin de l'œil, Arielle s'assura qu'il avait laissé une vitre légèrement ouverte pour le confort du chien.

Au vu du parking désert, les autres scientifiques et le personnel administratif n'étaient pas encore arrivés. Dans le bâtiment dévolu aux logements, ils prirent l'ascenseur ensemble jusqu'au troisième étage. La tension d'Arielle s'accrut comme Eirik pénétrait chez elle à sa suite, prolongeant ainsi l'inévitable au moment de son départ.

Elle le regarda arpenter le petit appartement.

— Je dois me préparer pour aller travailler, dit-elle. Merci pour cet agréable week-end.

— *Agréable ?* répéta Eirik en haussant les sourcils. Sérieusement, c'est tout ce qu'il était pour toi ?

Arielle le foudroya du regard.

— Veux-tu que je te remercie pour les ébats les plus extraordinaires de mon existence ?

— Ils l'étaient pour moi aussi, dit Eirik avec une douceur qui la toucha au cœur. Viens, je veux te montrer quelque chose. Ce ne sera pas long.

Avec un soupir, Arielle le suivit vers l'ascenseur, qui les emmena cette fois vers le dernier étage. Puis elle pénétra, sur son invitation, dans un appartement immense, d'un seul tenant. De larges baies vitrées, sur un pan de mur entier, offraient une vue panoramique de la plage sauvage et nue, sublime même par cette journée grise. Le décor minimaliste de style scandinave, planchers de bois clair, murs et mobilier dans des tons neutres, combiné au confort dernier cri, avait sûrement coûté une fortune.

— J'ai fait dessiner les plans par un architecte lorsque j'ai créé l'Institut, expliqua Eirik. Je l'habitais du temps où je dirigeais mon entreprise de construction de bateaux de plaisance. Depuis que je l'ai mise en vente je suis tenu par mes obligations protocolaires, et cet appartement est vide la plupart du temps.

Il lui prit la main et entrelaça leurs doigts avant d'ajouter :

— Tu pourrais emménager ici.

Arielle écarquilla les yeux.

— Moi ? Mais pourquoi ? J'ai déjà un logement, plus modeste, d'accord, mais le loyer ici est certainement au-dessus de mes moyens…

Eirik l'enlaça. Arielle n'offrit aucune résistance – c'était peut-être la dernière fois.

— Ne te préoccupe pas du loyer, murmura-t-il. Si tu habites ici, je pourrai te rendre visite en toute discrétion.

À ces mots, elle sentit son ventre se nouer.

— Suggères-tu que… je sois ta maîtresse cachée ?

— Nous allons si bien ensemble toi et moi, *skatta*. Tu as reconnu que tu n'avais jamais eu autant de plaisir et c'est la même chose pour moi. Je ne veux pas te perdre.

Les émotions d'Arielle jouaient aux montagnes russes. Eirik semblait dire qu'il la voulait dans sa vie… comme son petit secret inavouable. En fait de relation, ils auraient une liaison clandestine… Autrement dit, il projetait de coucher avec elle lorsque cela l'arrangerait de venir lui rendre visite ici.

Elle se remémora qu'il n'était pas très proche de ses parents, que sa mère surtout l'avait négligé tandis qu'elle mendiait l'amour du prince Otto. Ce manque d'affection dans l'enfance lui avait-il endurci le cœur au point de se fermer aux sentiments ?

— Mais tu dois te marier bientôt pour que ton père puisse abdiquer, murmura-t-elle. Tu régneras avec une princesse consort à tes côtés…

— Je ne suis pas marié, pour le moment, répliqua Eirik

en haussant les épaules. Même après les fiançailles, l'organisation des noces prendra du temps. Et ensuite, je conserverai ma liberté !

Arielle se mordilla la lèvre.

— Comment peux-tu attendre d'une femme, Ida Lundberg ou une autre, qu'elle passe le restant de ses jours avec toi alors que tu n'es pas prêt à lui offrir engagement et fidélité ?

À ces mots, la mâchoire d'Eirik se crispa.

— Je serai très clair sur ce point avec ma future épouse. En public, nous donnerons toutes les apparences d'un couple uni, mais dans l'intimité nous aurons des vies et des amours séparées, tant que nous resterons discrets.

— Exactement comme tes parents, n'est-ce pas ? Pourtant tu m'as dit que ta mère aimait ton père et que ses liaisons la faisaient souffrir. Et si ta femme tombait amoureuse de toi ?

— Cela n'arrivera pas. Et quand bien même, quelle importance pour toi ?

— Tu me demandes d'être ta maîtresse, Eirik. La tierce personne dans ton couple. Je ne supporterais pas de savoir ta femme malheureuse par ma faute.

— *Faen !* Cette conversation est complètement folle. Je n'ai *pas* de femme !

— Pas encore, rectifia Arielle avec un soupir.

Elle tenta de sourire, sans y parvenir tout à fait.

— Qui sait, c'est peut-être toi qui tomberas amoureux d'elle ?

— Je n'ai ni le désir ni l'intention de tomber amoureux, répliqua sèchement Eirik.

Il la plaqua contre lui, les doigts dans les boucles folles qu'elle comptait dompter en chignon avant de partir travailler au laboratoire. Elle n'aurait pas dû être ici dans cet appartement à cette heure. Son corps n'aurait pas dû s'émouvoir du regard enflammé du prince rivé au sien…

— J'ai envie de toi et tu as envie de moi, dit-il. C'est tout ce qui compte pour l'instant.

— Tu veux que je reste cachée, murmura-t-elle. Aurais-tu honte de moi parce que je… je ne suis personne ?

— Bien sûr que non ! Pourquoi t'obstines-tu à te rabaisser ? Tu es belle, intelligente, passionnée par la cause des océans et sexy à mourir !

— Mais tu ne m'inviteras jamais au restaurant, ni nulle part où nous pourrions être vus. Je resterai invisible.

— Arielle… As-tu idée de l'enfer que deviendrait ta vie si on nous voyait ensemble ? Si le bruit courait d'une liaison entre nous ? Tu serais traquée par les journalistes. Je suis confronté depuis l'enfance à l'intrusion des médias dans ma vie privée, mais toi, tu n'as jamais connu cette attention incessante, obsessionnelle.

Oh ! Que si – et c'était une expérience qu'Arielle ne comptait pas revivre. Elle frissonna au souvenir de la meute de reporters postés devant le tribunal pendant le jugement de son père, trois ans plus tôt. La rumeur prétendant qu'elle savait tout du trafic de drogue et du meurtre du policier l'avait propulsée sous les projecteurs. Avant cela même, lorsqu'elle était petite, son père était impopulaire auprès des villageois de Penash du fait de son caractère de cochon et de sa propension à chercher la bagarre au pub dès qu'il buvait un coup de trop. Résultat, elle était harcelée par ses camarades de classe simplement parce qu'on la considérait comme différente. La condamnation de Gerran avait achevé de jeter l'opprobre sur elle.

Si la presse au Fjernland découvrait que le futur monarque avait une liaison avec la fille d'un criminel notoire, l'histoire ferait la une. Pire encore, Eirik apprendrait son passé. Elle n'avait rien fait de mal, mais elle avait profondément honte de son lien avec le personnage ignoble qu'était son père.

La réalité lui revenait en pleine figure. Elle n'accepterait jamais d'être la maîtresse d'Eirik après ses noces, mais tant qu'il était célibataire, elle avait été tentée de vivre une liaison avec lui dans l'espoir que l'alchimie entre eux finirait par s'évaporer. En toute franchise, elle avait aussi rêvé de voir le conte devenir réalité, et le beau prince amoureux d'elle au point de vouloir l'épouser.

Or cela n'avait aucune chance d'arriver. Eirik avait été très clair sur ce point. Et même si, par miracle, il se décidait à rendre publique leur relation… Ce serait un cauchemar. Une nausée lui souleva l'estomac. La presse se ferait un plaisir de déterrer la boue sur son père, elle serait humiliée devant Eirik. Pire encore, le prince subirait les conséquences de leur rapprochement, qui jetterait le doute sur ses capacités de souverain auprès du peuple du Fjernland. Elle ne pouvait tout simplement pas laisser un tel désastre se produire.

Comme elle gardait le silence, atterrée, Eirik chuchota :

— Lorsque je t'ai fait conduire au chalet sans te demander ton avis, tu m'as reproché de te priver du droit de faire tes propres choix. Je ne te demande pas de décider tout de suite de ce qu'il adviendra de nous, mais… Ce feu incroyable, *skatta,* tu ne le trouveras avec personne d'autre.

Son baiser surprit Arielle par son urgence. Alanguie, elle noua les bras autour de son cou. Lorsque Eirik l'embrassait avec une telle passion, en lui caressant la joue du bout des doigts comme si elle était infiniment précieuse, elle pouvait presque croire qu'elle signifiait quelque chose à ses yeux… Seulement, c'était sans issue.

Elle se détacha la première. Il la laissa partir, le visage impénétrable.

— Je… je dois filer, murmura-t-elle avant de tourner précipitamment les talons.

Valdemar arriva dans l'après-midi à l'Institut. Il semblait n'avoir pas dormi depuis des jours, mais un large sourire barrait son visage.

— Comment va Frida ? s'enquit aussitôt Arielle.

— La maman et le bébé sont en pleine forme !

Valdemar lui montra fièrement sur son portable la photo d'un nouveau-né enfoui dans des couvertures.

— Je vous présente mon fils Lars ! L'accouchement a dû être déclenché avec un mois d'avance du fait de l'hypertension de Frida. Lars est tout petit, mais il a une paire de poumons impressionnante dont il se sert particulièrement bien la nuit.

— Félicitations, murmura Arielle non sans une pointe d'envie qui l'étonna elle-même.

— Venez, installons-nous dans mon bureau, dit Valdemar en allant s'asseoir à sa table de travail. Vous vous souvenez peut-être que Frida est censée présenter devant le Conseil national un rapport sur les effets du microplastique en milieu marin ?

Arielle acquiesça.

— Nous avons rédigé le rapport ensemble. Nos résultats se basent sur des échantillons de sédiments prélevés en mer du Nord.

— Le Conseil se réunira en séance plénière samedi, or Frida sera en congé maternité. Nous avons décidé d'un commun accord que vous seriez parfaite pour présenter ce rapport.

— Mais… il y a d'autres biologistes bien plus qualifiés que moi pour ce rôle, balbutia Arielle.

— Vous avez démontré un don réel d'oratrice devant les étudiants lors du séminaire de la semaine dernière, répliqua Valdemar en souriant. Et puis, vous avez corédigé ce rapport. S'il vous plaît, acceptez de remplacer Frida. L'enjeu est important. Je vous rappelle qu'il s'agit de convaincre le Conseil d'accroître le financement de l'Institut.

— Eh bien… Je… suis très honorée que vous m'ayez choisie.

Arielle était surtout sous le choc. Après toute une vie à se taire, voilà qu'on l'encourageait à s'exprimer sur le sujet qui lui tenait le plus à cœur, la préservation des océans. Cela, grâce à Eirik… C'était lui qui lui avait donné sa chance, lui qui l'avait amenée jusqu'ici pour travailler à l'Institut de recherche marine. Pourquoi est-ce que tout tournait toujours autour de lui ? songea-t-elle avec un soupir.

Les jours suivants Arielle travailla à peaufiner le discours qu'elle délivrerait devant le Conseil national composé de ministres et de membres du gouvernement et présidé par le prince Eirik, le prince Otto étant toujours en convalescence.

Le trac à l'idée de prendre la parole face à une assemblée aussi prestigieuse l'avait tout au moins empêchée de penser à Eirik pendant la journée… Mais la nuit, la solitude la rattrapait. Au fil des quatre nuits passées avec lui au chalet, elle s'était habituée à se blottir contre son grand corps dans le lit, où ils passaient l'essentiel de leur temps. Le souvenir de ses qualités d'amant éveillait toujours un frisson familier dans son corps. Il l'avait emmenée droit au paradis avec ses caresses électrisantes. Sa passion brute, sauvage, s'était même teintée d'une tendresse inattendue qui avait insidieusement conquis son cœur.

Le soir de son retour en ville, le sommeil la fuyait encore à minuit lorsque son téléphone avait sonné.

— Je vois que tu n'arrives pas à dormir, toi non plus ? avait chuchoté Eirik.

— C'est vrai.

— Tu me manques…

— Toi aussi tu me manques.

— Raconte-moi ce que tu as fait de beau aujourd'hui.

Elle lui avait expliqué sa mission à accomplir devant le Conseil national. La discussion avait ensuite dérivé sur la préservation des océans. Eirik s'était dit plus que jamais déterminé à protéger l'environnement unique du Fjernland une fois au pouvoir.

— Tu m'as aidé à prendre conscience que j'aurai bientôt les moyens d'engager des réformes sur certaines pratiques obsolètes et d'insuffler une énergie nouvelle sur la manière de gouverner au Fjernland. J'ai fait la paix avec les responsabilités qui m'attendent.

Ils avaient encore bavardé la veille, jusqu'à 2 heures du matin. Le réveil quatre heures plus tard n'avait pas été facile. Elle était allée rendre visite à Valdemar, Frida et le petit Lars après sa journée de travail. En revenant à l'Institut, alors qu'elle songeait encore avec une pointe de mélancolie à la petite famille Oskarsson rayonnant de bonheur, la vue d'une limousine noire garée sur le parking la fit tressaillir.

Eirik… L'inviterait-il dans son appartement-terrasse ? Comme elle s'approchait de la voiture, le cœur tout gonflé de joie, le chauffeur descendit lui ouvrir la portière arrière. Elle se faufila aussitôt sur la banquette, prête à accompagner son prince au bout du monde.

Son sourire béat mourut sur ses lèvres lorsqu'elle croisa le regard glacial de la princesse Hulda.

— Je… Votre Majesté. Je n'avais pas conscience que…

— Vous attendiez mon fils, je présume, miss Tremain. Ou dois-je vous appeler miss Rowse, puisque c'est le nom qui figure sur votre acte de naissance ?

Arielle retint un haut-le-cœur.

— Je…

— Vous avez pris le nom de jeune fille de votre mère après la condamnation à perpétuité de votre père, Gerran Rowse, pour meurtre.

— Co… comment avez-vous su ?

— Au cours d'un dîner que j'ai donné pour l'anniversaire du prince Eirik, j'ai parlé de vous à l'une de mes invitées, dont la famille possède des terres dans le sud-ouest de l'Angleterre. Lady Laura Hammett a reconnu votre prénom, mais l'associait au nom Rowse. Votre père avait l'honneur tout relatif d'être le trafiquant de drogue le plus actif des Cornouailles jusqu'au moment où ses activités illégales ont émergé au grand jour, lorsqu'il a abattu un jeune officier de police.

— Eirik est-il au courant ? murmura Arielle.

La princesse Hulda haussa les sourcils.

— Vous avez dissimulé à mon fils vos antécédents familiaux ? Je n'en suis pas surprise. Cela dit, vous auriez pu aussi bien le convaincre que vous ignoriez tout des crimes de votre père.

— En effet, je…

La princesse leva une main impérieuse. Arielle se tut.

— Il est du devoir du prince Eirik d'épouser une femme issue de la noblesse qui deviendra princesse consort. Vous n'êtes rien à ses yeux. Eirik a toujours laissé sa libido l'emporter sur le bon sens, ajouta-t-elle avec un petit rire dénué de joie. Il est temps que cesse ce petit badinage avec vous.

Les yeux curieusement incolores de la princesse balayèrent le visage blême d'Arielle.

— Je vous suggère de mettre fin à votre liaison avec l'héritier du trône, miss Rowse, et de quitter le Fjernland. Vous n'avez aucune raison de vous attarder ici. Les secrets le restent rarement pour l'éternité.

La voix au flegme vénéneux de la princesse Hulda transperça Arielle telle la lame affûtée d'un poignard.

— Est-ce un chantage ?

— Je ferai tout ce qu'il faudra pour assurer la continuation de la monarchie du Fjernland, rétorqua la princesse.

— Même si cela implique d'imposer à Eirik un mariage sans amour ?

— Ah, vous êtes amoureuse…

— Non ! se récria Arielle en secouant la tête.

— Et vous espérez que mon fils vous rende cet amour un jour ? reprit la princesse Hulda en pianotant des ongles sur l'accoudoir en cuir. À supposer même que ce soit le cas, le peuple fjernlandais n'accepterait jamais la fille d'un criminel comme princesse consort. Si vous aviez un enfant avec Eirik, le futur héritier du trône serait le descendant d'un meurtrier.

Arielle déglutit. Elle se sentait déjà souillée par les crimes paternels. L'idée que ses enfants subiraient la même opprobre lui porta le coup de grâce. La mère d'Eirik n'avait pas tort, les secrets finissaient toujours par s'ébruiter. L'histoire surgirait un jour ou l'autre dans un article ou un polar inspiré comme tant d'autres de la vie réelle. Son lien avec un tueur lui collait à la peau, elle n'y échapperait jamais.

La princesse Hulda tapota sur la vitre de séparation. Le chauffeur vint aussitôt ouvrir la portière arrière.

— Adieu, miss Rowse, dit la princesse d'un ton sec. J'ai dans l'idée que nous ne nous reverrons plus.

Son portable sonna alors qu'elle franchissait le seuil de son appartement. Elle fixa le nom d'Eirik sur l'écran avant de lâcher le téléphone pour aller vomir sa détresse dans la salle de bains. Puis elle regagna le salon en titubant. Le téléphone sonnait encore. Elle le fourra sous une pile de coussins. Au troisième appel d'Eirik, elle éteignit l'appareil et se roula en boule sur le canapé, le corps glacé, des larmes brûlantes dévalant ses joues.

10.

Eirik noua sa cravate de soie grise avant d'enfiler son gilet. Son valet tendit la veste devant lui pour qu'il glisse les bras dans les manches.

— Ce sera tout, merci, Mikkel, murmura-t-il.

Son téléphone tinta sur la table du dressing. Un message ? Il traversa la pièce en deux enjambées et rafla l'appareil. Ce n'était pas Arielle qui lui écrivait. La déception lui laissa un goût amer en bouche. Depuis leur retour du chalet trois jours plus tôt, il n'avait pas trouvé le temps de la voir. Leurs échanges nocturnes par téléphone l'avaient un peu apaisé, mais hier elle n'avait pas décroché ni répondu à ses nombreux messages.

Il afficha le dernier qu'il avait envoyé.

Tu me manques. S'il te plaît, appelle-moi.

Eirik empocha son téléphone en pestant. Sa conduite était digne d'un adolescent transi. Il pensait à Arielle tout le temps. Pourquoi avait-elle coupé le contact ?

Avec une pointe de culpabilité, il se remémora toutes les fois où il avait cessé de prendre les appels de ses anciennes maîtresses qui n'acceptaient pas la fin de leur liaison. C'était sûrement le discours à prononcer devant le Conseil demain qui la tenait occupée. Quoi de plus normal ?

À son entrée dans le salon de ses appartements privés au palais Sejrrig, il trouva son secrétaire particulier en train d'arpenter le tapis, en proie à une agitation très inhabituelle.

— Monsieur, vous devriez lire ceci, dit Gustav manifestement bouleversé en lui tendant un journal.

Eirik s'en saisit et fixa, stupéfait et en proie à une fureur croissante, la photo de la une. Ida Lundberg et lui-même, dans une pose qui avait tout d'une étreinte amoureuse. Il avait un bras autour de la taille d'Ida qui levait la tête vers lui. Ils étaient presque joue contre joue. C'était difficile d'en être sûr compte tenu de l'angle de la prise de vue, mais ils semblaient bel et bien s'embrasser.

L'annonce des fiançailles royales attendue d'une heure à l'autre !

La première pensée d'Eirik fut qu'il s'agissait d'un montage. Avec la technologie moderne, rien de plus facile que de créer une image plus vraie que nature. Mais en scrutant la photo, il reconnut qu'elle avait été prise la veille, devant une galerie d'art qu'il avait visitée en sa qualité de mécène. La princesse Hulda s'était plainte d'une migraine à la dernière minute et avait envoyé à sa place sa dame d'honneur.

— Comme vous l'imaginez, la photo est relayée sur tous les réseaux sociaux, précisa Gustav.

Des centaines de messages étaient arrivés sur son téléphone, mais il n'avait pas pris la peine de les lire car aucun n'émanait d'Arielle. À présent il se revoyait sortir de la galerie en compagnie d'Ida. Elle avait trébuché sur la première marche, il avait réagi par automatisme et l'avait saisie à bras-le-corps pour prévenir la chute. Ida était restée collée à lui le temps de recouvrer son équilibre et il n'avait rien ressenti. Cette jeune femme séduisante n'intéressait absolument pas sa libido.

L'incident avait été si bref qu'il l'avait oublié. Les flashs avaient crépité, mais il n'avait pas anticipé les conséquences. Était-ce seulement un hasard, d'ailleurs ? Eirik jura de plus belle, soupçonnant un coup monté par sa mère et Ida pour le contraindre au mariage. Sa mère n'était pas sujette aux migraines et, si elle avait été réellement souffrante, elle aurait gardé sa dame d'honneur auprès d'elle au palais.

— On m'a piégé, murmura-t-il.

— La princesse Hulda vous attend dans son salon toutes affaires cessantes, monsieur.

Eirik se demanda soudain si Arielle avait vu la photo. Il fronça les sourcils. Elle avait cessé de prendre ses appels avant la parution du journal…

Sa seule certitude, c'était qu'il ne pouvait pas épouser Ida Lundberg. Lorsqu'il avait déclaré que l'amour ne serait pas essentiel dans son couple, Arielle lui avait rappelé à juste titre que sa femme serait aussi la mère de ses enfants. Par conséquent, il faudrait de l'amitié et même un peu d'affection entre lui et sa future femme. Sans cela leurs enfants grandiraient dans un foyer chargé de tensions et de chagrin, comme son frère et lui.

— Dis à la princesse Hulda que je la retrouverai dans une demi-heure, ordonna-t-il à Gustav. Et que miss Lundberg me rejoigne immédiatement dans la bibliothèque.

— J'ai organisé une conférence de presse ce matin pour que tu annonces officiellement tes fiançailles avec Ida. Que dirais-tu d'un mariage début juillet ? Cela laisse le temps de s'organiser. Ton père se tient prêt à abdiquer début septembre…

Sur le canapé, la princesse Hulda reprit son souffle et leva vers son fils un regard anxieux.

— Pourquoi cet air lugubre, Eirik ? N'as-tu rien à dire ?

— Oh ! Tout au contraire, j'ai beaucoup de choses à vous dire, mère, mais je vais épargner votre sensibilité.

Eirik marchait de long en large devant le plateau à thé posé sur la table basse. Il n'était pas d'humeur pour un goûter.

— Je n'épouserai pas Ida, ni en juillet ni à un autre moment. J'expliquerai aux journalistes qu'il y a eu malentendu et que ces rumeurs sont sans fondement.

La princesse reposa bruyamment la théière.

— Vous vous affichez ensemble à la une de tous les journaux. Ta conduite a compromis la réputation d'Ida. Tu dois l'épouser, maintenant.

— Ma conduite ? C'est plutôt la vôtre qui pose problème !

Ida vient de m'avouer que vous l'aviez convaincue de jouer son petit numéro hier.

Il fourra les mains dans les poches de son pantalon. L'atmosphère étouffante et guindé de ce salon le rendait nerveux. Il songea avec nostalgie à son chalet, aux ciels immenses, au sentiment de liberté qu'il éprouvait là-haut dans la montagne, à Arielle aussi.

— J'ai dit à Ida que je n'avais pas l'intention de l'épouser et je lui ai présenté mes excuses si quelque chose dans mon comportement a pu lui laisser croire le contraire.

Eirik soupira devant l'air pincé de la princesse.

— Je vous donne ma parole que je me marierai, mère. Mais je choisirai seul mon épouse lorsque je serai prêt.

Arielle sentait ses nerfs la lâcher dès qu'elle pensait à sa prestation devant le Conseil national prévue le lendemain. Et elle n'était pas près de l'oublier… Elle avait poli et repoli son rapport comme si sa vie en dépendait, Frida l'avait lu et approuvé, mais la perspective de se tenir sur une estrade face à des ministres et des secrétaires royaux la terrifiait. Savoir qu'Eirik serait également présent, en compagnie peut-être de sa fiancée toute neuve, n'arrangeait pas les choses.

Depuis que la photo d'Eirik et Ida tendrement enlacés avait surgi sur les réseaux sociaux, elle avait éteint son téléphone et renoncé à regarder la télévision. Les supputations allaient bon train sur la date des noces royales, mais elle aurait quitté le pays d'ici là. Dès son discours prononcé, elle remettrait à Valdemar sa lettre de démission. Les Oskarsson étaient devenus des amis, ils lui manqueraient, bien sûr, comme ce travail à l'Institut de recherche marine…

Arielle sortit de la baignoire en soupirant et enfila son peignoir rose en éponge. La mère d'Eirik avait raison. Elle était amoureuse d'Eirik. Profondément, follement amoureuse… Pour cette raison même, rester ici lui serait insupportable.

On frappa à la porte. Arielle fronça les sourcils en allant

ouvrir. Sa voisine peut-être, venue comme souvent lui emprunter un peu de lait ou de café ?

Sur le seuil se tenait Eirik, si beau en jean et fin pull noir sur son torse musclé que son cœur fit une embardée.

— Tu devrais être avec ta fiancée, lança-t-elle sans parvenir à gommer l'amertume dans sa voix. Je pensais que ta mère serait aux anges et donnerait un dîner en l'honneur du joyeux petit couple.

Eirik plissa les yeux.

— Tu n'as pas lu les dernières informations parues dans la presse, manifestement. Je ne suis pas fiancé. J'ai dit à Ida qu'il n'y avait aucune chance que je l'épouse.

Sous le choc, Arielle mit un moment à recouvrer l'usage de la voix.

— Comment l'a-t-elle pris ? demanda-t-elle enfin.

— Elle était déçue à l'idée de ne pas devenir princesse, mais elle a reconnu que notre mariage aurait tourné au fiasco. Il n'y a pas d'étincelle entre elle et moi.

Il cueillit dans ses doigts une poignée de boucles folles et murmura :

— Entre nous, c'est autre chose. Plus qu'une étincelle, un grand feu de joie.

— Tu ne comptes tout de même pas m'épouser moi ? balbutia Arielle.

— Non, bien sûr. Mais nous sommes bien ensemble. Tu sais que c'est vrai, *skatta*.

Il glissa la main dans l'échancrure du peignoir. Arielle sentit ses seins se tendre sous l'éponge.

— Même déguisée en guimauve toute rose, tu m'excites plus que n'importe quelle autre femme avant toi.

Il saisit ses doigts et les porta à ses lèvres avant d'ajouter :

— Monte avec moi à l'appartement-terrasse…

La tentation était forte et le désir violent, mais un frisson la secoua au souvenir de la menace de la princesse Hulda de révéler à Eirik la vérité sur son père. Peut-être aurait-il pitié d'elle, elle n'était pas responsable, après tout, des crimes paternels, mais ses origines lui faisaient tellement honte !

— Je ne peux pas. Je veux répéter mon discours à voix haute pour éviter de bafouiller demain.

— La salle de conférences est vingt fois plus grande que ton salon. En t'entraînant dans l'appartement-terrasse tu auras une meilleure idée de la façon de placer ta voix. C'est ton rapport ? demanda-t-il, avisant une liasse de feuilles sur la table basse.

Une heure de plus avec Eirik… Arielle capitula dans un soupir.

— Je dois m'habiller d'abord.

Il était déjà dans le couloir, devant l'ascenseur.

— Tu es très bien comme tu es, répliqua-t-il.

Quelques minutes plus tard, elle se retrouva campée dans l'immense salon de l'appartement-terrasse face à Eirik assis sur une chaise à l'autre bout de la pièce.

— Je me sens ridicule, dit-elle. Surtout dans ce peignoir.

— Enlève-le, suggéra-t-il.

— Je ne porte rien en dessous !

Eirik émit une sorte de grognement assourdi qui résonna comme l'appel d'un lion mâle. Une onde de désir déferla dans le corps d'Arielle, qui s'éclaircit la voix et se concentra vaille que vaille sur son rapport. Plus tôt elle en aurait terminé, plus vite elle pourrait quitter cet appartement avant que ne s'effrite sa résistance au charme ravageur d'Eirik.

Après une attaque vacillante, elle trouva son rythme et délivra son discours d'une traite.

— Ai-je été convaincante ? demanda-t-elle lorsque Eirik se leva.

— Tu as été brillante. Sincèrement, insista-t-il en s'approchant. Ton enthousiasme pour la cause des océans est communicatif.

— Je dois partir, murmura-t-elle. Je veux me coucher tôt.

Eirik sourit, éveillant un long frisson dans son dos.

— Il est à peine 19 h 30, mais se coucher maintenant est une bonne idée, en effet.

— Eirik…

Eirik étouffa ses protestations d'un long baiser. Elle ne trouva pas la force de résister, incapable de se refuser cette ultime occasion de faire l'amour avec son prince, même en sachant que c'était une faiblesse. S'il n'épousait pas Ida Lundberg il choisirait une autre aristocrate, pour le bien de la principauté qu'il dirigerait bientôt, mais ce soir il était à elle. Au diable les menaces de la princesse Hulda ! Ce soir elle montrerait à Eirik avec son corps ce qu'elle ne pouvait lui dire avec des mots.

Il la porta dans ses bras jusque dans la chambre. La tête sur son épaule, elle effleura des lèvres sa joue râpeuse. Eirik tourna la tête et leurs bouches fusionnèrent en un baiser sensuel qui les laissa l'un et l'autre hors d'haleine.

— Tu es si belle, dit-il tout bas.

— Toi aussi.

Eirik la reposa au sol et tandis qu'il dénouait la ceinture du peignoir, elle contempla son visage pour graver dans sa mémoire ses pommettes ciselées, la courbe séductrice de ses lèvres. L'éponge glissa sur ses épaules. Deux mains virtuoses sillonnèrent son corps dévoilé, dénichant chaque zone sensible avant qu'une bouche avide ne prenne le relais. Arielle s'entendit gémir. Un désir brûlant la submergeait avant même qu'une main se faufile entre ses cuisses. Elle roula des hanches contre les doigts magiques, aspirant à beaucoup plus, mourant d'envie d'être possédée tout entière par son prince.

Mais cette ultime nuit devait être mémorable pour lui. Elle n'avait peut-être pas sa place dans son monde, mais elle était déterminée à ce qu'il ne l'oublie jamais. Elle retroussa le pull noir et caressa le torse nu, éprouvant sous ses doigts les battements désordonnés du cœur, au regret de ne pouvoir lui confier que son propre cœur lui appartenait.

La tristesse viendrait plus tard. Il retira son pull d'un geste vif et, en cet instant, rien d'autre ne comptait que ce peau à peau. La joue sur le duvet soyeux de sa poitrine, elle abaissa la fermeture Éclair du jean, dont il se débarrassa pour revenir vers elle nu et magnifiquement excité. Son dieu doré. Son prince. Aucun autre homme ne lui arriverait à la cheville…

S'enhardissant, elle l'invita à s'allonger sur le lit et fit glisser ses lèvres vers le nombril. Au-dessous, le sexe dur pointait fièrement. Elle fit courir sa langue sur la hampe gonflée avant de l'aspirer en bouche. Eirik frémit, ses cuisses se tendirent.

Elle adorait lui donner du plaisir. Son souffle altéré lui insufflait de l'audace, la poussait à se montrer créative dans ses caresses. Les doigts enfouis dans ses cheveux, il ondulait fébrilement des hanches. L'avoir ainsi à sa merci éveillait chez elle une tendresse farouche. Les moments de vulnérabilité chez cet athlète si solide le rendaient plus aimable encore à ses yeux.

Elle se redressa, cueillit son visage à pleines paumes et lui baisa la bouche. Puis elle récupéra un préservatif qui traînait sur la table de chevet et le mit en place avec une adresse qui l'étonna elle-même.

— Arielle…

Il chuchota son prénom comme une prière tout en roulant sur le lit avec elle pour s'installer entre ses cuisses. Ses yeux brillaient d'une émotion qu'elle n'osa définir. Avec un soin infini, il se glissa en elle et s'enfouit profondément, jusqu'à ce qu'ils ne fassent plus qu'un.

Les mots étaient inutiles. Leurs corps ondoyaient à l'unisson en une danse immémoriale, pourtant le moindre contact, la moindre sensation ouvrait un univers inédit et grisant. Arielle se cambra en réponse aux poussées ardentes d'Eirik, dont chaque coup de reins la propulsait plus près du bord. Elle sentit, au baiser qu'il quêtait sur ses lèvres, que lui aussi était tout près de s'envoler et verrouilla les chevilles autour de ses hanches jusqu'à ce qu'ils lâchent prise ensemble dans une cascade de spasmes.

Arielle, les lèvres pressées sur la gorge de son prince, s'abreuva des perles de sueur affleurant sur sa peau. Comment une chose qui semblait si juste pouvait-elle être une erreur ? se demanda-t-elle avec tristesse alors que lui revenait à l'esprit le visage réprobateur de la princesse Hulda, et avec lui toutes les raisons pour lesquelles elle devait quitter le Fjernland.

Impeccable.

Arielle tournoya lentement sur elle-même. Le miroir lui renvoyait le reflet d'une femme élégante dans un ensemble bleu sombre avec blazer sans boutons et chemisier blanc. Le pantalon trois quarts mettait en valeur ses longues jambes ponctuées d'escarpins couleur chair. Son chignon sage complétait l'image d'une professionnelle pleine d'assurance. Seule la légère rougeur sur les joues trahissait une femme amoureuse. De près, on distinguait aussi ses cernes, mais personne au sein du Conseil national ne devinerait que son cœur se brisait, se répéta-t-elle en saisissant son sac à main et son précieux rapport avant de quitter le vestiaire pour s'acheminer vers la salle de conférences.

Conformément aux instructions reçues, elle alla prendre place sur une des chaises installées sur le côté de l'estrade. Les rangées de sièges se remplirent rapidement, et soudain tout le monde se leva pour saluer l'entrée du prince Eirik, qui remonta l'allée centrale pour s'asseoir au premier rang.

La dernière fois qu'elle l'avait vu, il était nu sur le lit de l'appartement-terrasse, ses mèches blondes en bataille sur les sourcils, sourire indolent aux lèvres. Rien à voir avec l'homme public ici présent, tiré à quatre épingles, le visage impavide. Ils venaient de faire l'amour au petit jour…

Valdemar, un peu essoufflé, vint s'installer à côté d'elle.

— Le bébé a rendu sur ma veste au moment où j'allais partir, chuchota-t-il. J'ai nettoyé comme j'ai pu, mais…

— Ça ne se voit pas, dit Arielle en se retenant de pouffer.

Cette parenthèse de normalité inattendue, assez apaisante, ne dura pas. Valdemar se leva et gagna le centre de l'estrade pour exposer brièvement au public le rôle de l'Institut de recherche marine du Fjernland. Puis il présenta Arielle, qui s'avança à son tour vers le pupitre et disposa ses notes devant elle. Elle coula discrètement un regard vers Eirik, qui lui fit un clin d'œil. Son cœur s'allégea d'un coup. Sans lui, elle n'aurait pas eu le courage de prendre la parole devant une telle assemblée. Il l'avait aidée à trouver la voix que son père avait réduite au silence.

Elle inspira à fond et déroula son discours sans anicroche.

— En résumé, conclut-elle quelque vingt minutes plus tard, l'Institut a besoin de votre soutien pour contribuer à la lutte contre la pollution plastique. L'éducation, la sensibilisation et la science nous permettront d'engager des changements dans le comportement des citoyens et des entreprises, qui profiteront aux océans et écosystèmes du monde entier.

De vifs applaudissements crépitèrent. Arielle sentit qu'elle avait touché son public et en éprouva une grande fierté. Valdemar leva le pouce à son endroit. Elle chercha des yeux Eirik, mais au même moment un remue-ménage au fond de la salle attira l'attention générale. Toutes les têtes se tournèrent vers les grandes portes que deux gardes venaient d'ouvrir. La princesse Hulda pénétra en grande pompe dans la salle de conférences, tête haute et regard hautain vissé sur Arielle, qui se recroquevilla derrière le micro.

— Arielle, chuchota Valdemar depuis le pied de l'estrade, le moment est venu de répondre aux questions du public.

Elle battit des cils, s'efforçant de se reprendre et de se concentrer sur son auditoire. Que venait donc faire ici la mère d'Eirik, en pleine séance plénière du Conseil national ? Du coin de l'œil, elle vit le prince froncer les sourcils, tout aussi surpris qu'elle de cette apparition impromptue.

Un membre du Conseil réclama des détails sur sa proposition d'engager les établissements scolaires à organiser des nettoyages de plages. Arielle raconta la campagne de collecte de déchets sur les plages de Cornouailles à laquelle elle avait participé, et commença à se détendre.

— Miss Tremain ?

Un journaliste se leva et déclara qu'il travaillait au *Fjernland Today,* le quotidien le plus populaire de la principauté.

— Que pensez-vous des allégations selon lesquelles vous saviez que votre père, Gerran Rowse, dirigeait le plus gros trafic de stupéfiants de Cornouailles ? À son procès, preuve a été faite que de la drogue de classe A d'une valeur de plusieurs millions de livres était acheminée par bateaux, puis cachée dans le cottage où vous viviez avec votre père. Vous avez pourtant déclaré tout ignorer de ses activités illégales.

— Je ne savais rien…

Arielle tenta de se défendre, mais personne ne l'entendit, et pour cause – sa voix s'était éteinte. Se sentant faiblir, elle agrippa le pupitre pour garder son équilibre.

— Ce n'est pas tout, reprit le journaliste, un jeune officier de police nommé Josh Bray a été abattu, preuves à l'appui, par votre père. Selon le cousin de ce policier, vous n'avez peut-être pas appuyé sur la détente, mais vous étiez présente ce soir-là, et aux yeux de sa famille vous ne valez pas mieux, je cite, que votre ordure de père.

À ces mots, un brouhaha éclata dans la salle. Tous les journalistes invités se ruèrent vers l'estrade comme un seul homme en brandissant leurs micros. Des flashs crépitèrent. Dans un brouillard, Arielle entendit Eirik hurler aux gardes :

— Faites immédiatement évacuer la salle !

11.

Clignant des yeux sous les flashs des appareils braqués sur l'estrade, Eirik attrapa Arielle pour l'entraîner hors de la salle, tout à fait conscient que les photos du prince héritier le bras levé pour protéger la jeune Anglaise des reporters ne ferait qu'alimenter la tempête qui venait d'éclater. Il s'en moquait. Rien n'était plus important que de la mettre à l'abri.

— Pourquoi ne m'as-tu rien dit, bon sang ? dit-il en la poussant dans un bureau désert dont il claqua la porte derrière lui. Viens, assieds-toi.

Il la guida vers une chaise. Elle était si pâle, elle semblait complètement anéantie, au bord de s'évanouir. Son expression accablée lui tordait le cœur. Il avait envie de la prendre dans ses bras et de la serrer contre lui. Envie de la protéger des accusations immondes de ce journaliste, des médias du diable avec leurs appareils photo intrusifs, et plus généralement de tout ce qui pouvait la blesser, alors qu'elle ne méritait rien de tout cela. Sa petite sirène était la plus douce, la plus courageuse, la plus honnête des femmes…

Sa sirène ? Depuis quand se sentait-il possessif et protecteur à ce point envers Arielle ? Eirik ferma les yeux.

— Tu ferais mieux de tout me dire, marmonna-t-il. Je n'arrive pas à croire que tu m'aies caché tant de choses.

Découvrir qu'elle avait gardé des secrets alors qu'il s'était confié à elle comme il ne l'avait fait avec personne hormis son frère l'avait profondément blessé. Niels avait été son meilleur ami et confident. Arielle, comprit-il avec stupeur, était devenue cela et bien davantage encore pour lui. Il s'appropria une chaise à son tour, s'assit et attendit.

Arielle se triturait les mains.

— Mon père était bien un dealer. Un gros. Et… il a tué Josh Bray. Le journaliste a sûrement parlé à Danny, son cousin. La famille vit à Penash depuis plusieurs générations. Mais je te jure que je ne savais rien du meurtre ni du trafic de mon père !

— Je te crois.

Elle le regarda droit dans les yeux.

— Vraiment ? murmura-t-elle.

Comme il acquiesça, elle exhala un soupir tremblant.

— Les gens du village sont convaincus que j'étais impliquée dans le trafic de mon père. J'avais des soupçons, j'étais même sûre que son élevage de moutons était une couverture. Des inconnus passaient souvent au cottage la nuit. De temps à autre mon père s'éclipsait quelques jours, parfois des semaines sans me dire où il allait. Le procès a montré que l'argent de la drogue lui servait à mener une vie de pacha à Dubaï. Il avait investi dans une boîte de nuit là-bas et possédait une flotte de voitures de luxe. À la maison, un des bâtiments extérieurs restait verrouillé en permanence. Une fois, j'ai réussi à forcer la serrure, j'ai trouvé un sac de billets de banque. Il y avait des milliers de livres… Lorsque je l'ai interrogé sur cet argent, il…

— Oui ?

Elle porta la main à la cicatrice sur sa joue.

— Il m'a frappée, si violemment que je suis tombée contre le bord de la cheminée en pierres.

Eirik serra les poings, saisi d'une sainte rage à l'idée d'Arielle gisant à terre sous les coups de son père.

— Quel âge avais-tu ?

— Quinze ans, répondit-elle en s'essuyant les yeux. Il y avait du sang partout. Il se fichait complètement de m'avoir fait mal. Il m'a dit que si je me mêlais encore de ce qui ne me regardait pas, je récolterais bien pire qu'un coup de poing.

— Où est-il aujourd'hui ? murmura Eirik.

— En prison. Il a été condamné à perpétuité pour meurtre.

Josh Bray, le policier, était venu au cottage l'interroger sur une banale infraction au code de la route. Mais Gerran…

Elle se mordit la lèvre avant de reprendre :

— Je ne supporte pas de l'appeler « papa ». Gerran s'attendait à un coup fourré d'un autre trafiquant, il a tiré avec son fusil de chasse. L'enquête a démontré qu'il a jeté ensuite le corps depuis la falaise dans l'espoir sans doute que la marée l'emporte, mais il a été retrouvé, et la balistique a permis de remonter jusqu'à mon père.

Arielle se leva et s'enveloppa de ses bras.

— J'ai bien entendu un coup de feu cette nuit-là, mais je suis restée terrée dans ma chambre parce que j'avais peur. Danny Bray a raison, dit-elle d'une voix étranglée. Si j'étais descendue, j'aurais peut-être pu aider Josh, mais j'étais trop lâche pour affronter mon père.

Arielle avait envie de disparaître sous terre. Eirik semblait hors de lui, et comment le blâmer ? L'esclandre dans la salle de conférences était sa faute. Elle en frémissait encore de honte. La princesse Hulda avait certainement planifié cette dénonciation publique, sous les yeux d'Eirik qui plus est…

Je te crois.

Sa confiance ne changeait rien – elle était la fille d'un meurtrier. Leur liaison, si elle venait à s'ébruiter, entacherait d'autant plus l'image du futur souverain du Fjernland qu'il venait d'annoncer qu'il n'épouserait pas Ida Lundberg. Elle devait prendre fin immédiatement.

— Tu n'aurais pas dû te montrer avec moi, murmura-t-elle. Des photos de nous quittant la salle ensemble vont paraître, les gens risquent de s'interroger…

— Ne t'inquiète pas. Je vais gérer la presse.

Cinq minutes déjà qu'il était pendu au téléphone, à tenter de limiter les dégâts. C'était compréhensible, son arrivée au pouvoir ne devait pas être éclaboussée de scandale.

— Comment le journaliste a-t-il pu débusquer ce Danny Bray ? demanda Eirik après avoir raccroché.

— Le tuyau est sûrement venu de la princesse Hulda.

— Quoi ? Ma mère ?

Arielle soupira.

— Elle était au courant de notre liaison et la désapprouvait, surtout après avoir découvert l'identité de mon père. Elle m'a... conseillé de rompre avec toi et de quitter le Fjernland, menaçant de tout te dire si je n'obtempérais pas. C'était dans ton intérêt, se hâta d'ajouter Arielle, voyant Eirik s'empourprer de colère. Il est de ton devoir de trouver une future princesse consort convenable. Moi, je n'ai jamais été qu'une distraction pour toi.

À ces mots, Eirik la contempla comme s'il la voyait pour la première fois. Telle qu'elle était vraiment, sans doute. Une moins-que-rien.

À cet instant, des coups résonnèrent à la porte. Le secrétaire particulier d'Eirik apparut.

— Monsieur, j'ai pris toutes les dispositions que vous avez demandées. Vous êtes attendu au palais Sejrrig pour une entrevue avec son Altesse sérénissime le prince Otto. L'hélicoptère est prêt à décoller.

— Gustav va te conduire au palais d'Hiver, dit Eirik en se tournant vers elle. Je veux que tu restes là-bas jusqu'à ce que je puisse te rejoindre. Alors nous discuterons de la suite. J'ai un certain nombre de choses à faire avant. Promets-moi de m'attendre, ajouta-t-il d'un air sombre.

Arielle eut envie de caresser sa joue, de l'embrasser une dernière fois. Incapable de lui mentir, elle baissa légèrement la tête tandis qu'Eirik quittait la pièce au pas de charge.

Elle suivit Gustav qui la fit sortir par une porte de service.

— Je dois récupérer des affaires chez moi, lui dit-elle en se glissant dans la voiture.

À l'Institut, elle laissa sa lettre de démission en évidence sur le bureau de Valdemar. Elle avait bouclé ses bagages avant de se rendre au Conseil. Gustav fronça les sourcils en la voyant ressortir de l'immeuble sa valise à la main.

— Vous avez de l'affection pour Eirik, n'est-ce pas ? dit Arielle.

Pris de court, Gustav hocha la tête.

— Je suis au service du prince depuis son plus jeune âge.

— Moi, je l'aime, dit-elle d'une voix douce. C'est pourquoi j'ai besoin que vous m'emmeniez à l'aéroport. Eirik sera plus heureux sans moi.

— Je ne suis pas certain que le prince soit d'accord.

— Mais vous savez que j'ai raison. Eirik doit accomplir son destin pour son bien comme pour celui de son peuple.

L'histoire faisait la une de tous les journaux du Fjernland. Dans l'hélicoptère qui l'emmenait au palais d'Hiver, Eirik grimaça en parcourant quelques articles reçus avant leur publication le lendemain. La plupart relayaient le compte rendu du procès de Gerran Rowse qui remontait à trois ans, avec force détails sur le meurtre du jeune policier. Un voisin décrivait le père d'Arielle comme un type cruel et violent…

Eirik revit la cicatrice sur le visage d'Arielle et la rage l'envahit. Toute violence lui serait épargnée à l'avenir, il y veillerait personnellement. La presse ne serait plus livrée au palais d'Hiver. Mieux, il l'emmènerait dans son chalet des montagnes et la tiendrait très occupée au lit jusqu'à ce que l'orage médiatique s'apaise.

Un frémissement lui secoua les reins à cette perspective. En lui faisant l'amour il avait la sensation qu'ils étaient seuls au monde. Il avait cessé de se demander quand son désir s'estomperait pour se rendre à l'évidence – il aurait toujours envie d'Arielle. Et c'était réciproque. Il frissonna de plus belle au souvenir de l'abandon sensuel avec lequel elle s'était donnée à lui la veille, à l'appartement-terrasse, et se rembrunit en se remémorant ses derniers mots. « Je n'ai jamais été qu'une distraction pour toi. » Au début, peut-être, c'était vrai… Elle était une bouffée de fraîcheur bienvenue, comparée aux jeunes femmes sophistiquées, au pedigree long comme le bras, que sa mère lui jetait dans les pattes…

Il venait justement d'expliquer à la princesse Hulda, au cours d'une conversation houleuse, qu'il ne tolérerait plus ses interférences dans sa vie et que, s'il se mariait un jour, ce ne serait pas par devoir. Une raison et une seule pouvait justifier le mariage. Il comprenait cela désormais, après s'être longtemps opposé à toute forme d'attachement.

Après la disparition de son frère, il n'envisageait pas de se risquer à aimer de nouveau. C'est pourquoi un mariage de raison lui avait paru acceptable. Mais une vie sans risques était aussi sans saveur. Il se représenta les boucles rousses vibrantes d'Arielle, ses yeux émeraude, son sourire et sa voix douce qui chantait en lui. Elle apportait de la couleur, de la lumière dans sa vie… Mais qu'allait-il faire maintenant ?

Après avoir décrit un cercle au-dessus du palais d'Hiver l'hélicoptère se posa enfin. Eirik sauta à terre. Un valet lui ouvrit la porte, Maks bondit à sa rencontre.

Gustav l'attendait dans le hall.

— Le chien est ravi de vous voir, monsieur.

— Moi aussi, dit Eirik en caressant la tête de Maks.

— J'ai bien peur de vous inspirer d'autres sentiments lorsque je vous dirai que miss Tremain…

Comme il hésitait, le ventre d'Eirik se contracta.

— Quoi donc, Gustav ? Où est Arielle ?

— Partie, monsieur. Elle a dit que cela valait mieux pour tout le monde. Je suis désolé.

Arielle poussa la porte du pub. Il y avait du monde à l'intérieur. Les chalutiers étaient de retour après des jours de mer et quelques pêcheurs semblaient avoir beaucoup bu. Elle s'avança vers le bar, les tableaux de sa mère sous le bras. La gérante du Sailor's Rest, croisée à la supérette quelques jours plus tôt, apprenant son départ imminent de Penash avait proposé de prendre quelques toiles. « C'était une grande artiste, elle peignait de ravissants paysages », lui avait-elle confié avec nostalgie.

— Mais regardez qui est là ! s'écria une voix familière comme Arielle tentait de se faufiler discrètement entre les buveurs attroupés devant le comptoir.

— Ferme-la, Tamara, marmonna Danny.

— T'as un sacré culot de te pointer ici après ce qu'a fait ton père, reprit Tamara sans s'émouvoir.

— « Ce qu'a fait mon père ». Pas moi, répliqua posément Arielle.

La colère montait. Elle en avait assez de se taire, assez de subir les piques de la famille Bray, assez qu'on lui reproche des crimes qu'elle n'avait pas commis.

Un silence tomba dans le pub. Tout le monde la regardait. Parfait ! Elle dégagea de son visage des boucles soufflées par le vent et balaya la salle du regard.

— Vous me connaissez tous depuis ma naissance. Et tous, *tous,* vous savez qui était mon père. Une brute qui me maltraitait. Pourtant aucun d'entre vous n'a levé le petit doigt pour m'aider. Après la mort de ma mère, personne ne s'est demandé si Gerran Rowse pouvait être autorisé à élever un enfant. Vous m'avez accusée d'être de mèche avec mon père, mais je n'avais rien à voir avec son trafic répugnant. Quant à ce pauvre Josh, ajouta Arielle d'une voix tremblante, j'aurais aimé le sauver, mais mon père me terrifiait. Je regretterai ma lâcheté jusqu'à la fin de mes jours.

— Ta lâcheté ? Jamais de la vie, *skatta.* Tu es mille fois plus brave que quiconque ici dans cette pièce !

Arielle tressaillit. Eirik, ici ? C'était impossible… La foule des buveurs s'écarta devant elle. Elle fixa la silhouette qui s'encadrait sur le seuil, n'en croyant pas ses yeux.

— C'est un prince, chuchota quelqu'un. Du Ferneyland, ou quelque chose dans le genre.

Quelques clients s'inclinèrent et Julie, la gérante du pub, sortit de derrière le bar pour venir faire la révérence.

— Nous n'avions encore jamais eu l'honneur d'accueillir un

visiteur royal au Sailor's Rest. Puis-je vous proposer quelque chose à boire, Votre Altesse ?

— Merci, mais je suis ici pour une seule raison.

Les yeux bleus d'Eirik se braquèrent à travers la grande salle sur ceux, écarquillés, d'Arielle.

— J'aimerais te parler, *eskelda*. Veux-tu venir avec moi ?

Elle ne bougea pas. Son cœur battait si fort que cela devait se voir à travers son T-shirt.

— Vas-y, la belle, lui dit Julie en prenant les tableaux qu'elle tenait toujours entre ses mains tremblantes.

Convaincue que tout cela faisait partie d'un rêve, Arielle s'avança vers Eirik et le suivit au-dehors.

— Tu ne devrais pas être là.

— Bien obligé. Tu n'es pas allée m'attendre au palais d'Hiver comme je te l'avais demandé.

Arielle releva le menton.

— Au bal, tu m'as fait entrer en cachette dans le palais. Je ne veux plus me faire l'effet d'un secret inavouable.

— Je suis désolé de t'avoir donné cette impression. Je veux que tu reviennes au Fjernland. Tu y seras traitée avec le respect que tu mérites, je te le jure.

— Je n'ai pas ma place dans ton monde, répliqua Arielle, le cœur gros.

— Tu *es* mon monde.

Eirik lui tendit la main.

— Veux-tu écouter ce que j'ai à te dire ? Si tu décides ensuite que nous n'avons aucun avenir, je consentirai à ton choix, même s'il me tue.

Il parlait par énigmes, mais Arielle l'aurait suivi au bout du monde pour profiter de sa compagnie. Elle glissa la main dans la sienne et ils descendirent en silence la rue pavée en direction du port. Elle monta à sa suite dans un petit hors-bord et son sens d'irréalité s'accrut encore lorsqu'ils prirent le large et filèrent à travers la baie sous le ciel d'un bleu immaculé. Eirik était concentré sur sa conduite. Arielle, les joues échauffées par le soleil de mai, admira ses traits ciselés. Il tourna la tête vers elle, et son sourire l'éblouit. Comme elle l'aimait ! Elle détourna aussitôt les yeux, de peur qu'il devine son émotion.

La côte qu'ils longeaient lui était familière. Peu après, Eirik jeta l'ancre dans la crique de l'Elfe et sauta dans l'eau, qui lui arrivait au genou. Arielle se prépara à le suivre, mais sans un mot il la souleva dans ses bras et se dirigea vers la plage. C'était si bon de se nicher contre lui, de sentir sous son oreille les battements erratiques de ce cœur…

— Je me suis promis de prendre patience et de te faire la cour, murmura-t-il, mais quand je te tiens dans mes bras je ne pense qu'à une chose…

Il la déposa sur le sable et fondit sur ses lèvres, qu'elle lui abandonna aussitôt avec un soupir défait. Une semaine avait passé depuis son départ du Fjernland, mais elle semblait une éternité. Arielle se perdit dans la volupté de ce baiser inespéré. En se détachant l'un de l'autre, ils respiraient avec difficulté.

— Tu n'aurais pas dû, balbutia-t-elle. Pourquoi m'as-tu amenée ici ?

— C'est dans cette crique que tout a commencé, dit doucement le prince. J'ai été sauvé de la noyade par une sirène, mais en échange elle a volé mon cœur.

— Eirik… Ne dis pas des choses pareilles, protesta Arielle, les larmes aux yeux. Nous ne pourrons jamais vivre ensemble !

— Nous ne serons plus jamais séparés, répliqua-t-il en lui relevant le visage. Ne pleure pas, *min eskelda*.

— Tu étais fâché lorsque je t'ai parlé de mon père…

— Pas contre toi. *Faen !* Quand j'ai su qu'il t'avait frappée, j'ai vu rouge. J'aurais aimé être là pour te protéger, comme auraient dû le faire les gens d'ici.

— Gerran ne fera plus de mal à personne désormais… Mais pourquoi Danny Bray m'a-t-il défendue, au pub ?

— J'ai menacé de porter plainte pour diffamation s'il prononçait encore un mot contre toi. La perspective d'une amende l'aura fait réfléchir. J'ai aussi fait injonction aux médias de ne plus rien publier de diffamatoire à ton égard.

— Mais… les réseaux sociaux…

Eirik sourit.

— C'est déjà de l'histoire ancienne. Le Vredkaempen est entré en éruption il y a deux jours. Le Géant est en colère ! Il est à des kilomètres de toute habitation, il n'y a pas eu de dégâts, mais les journaux là-bas ne parlent plus que de lui.

Là-dessus, il sortit de sa poche une pochette de soie dont il vida le contenu dans sa paume. Une chaînette en argent avec un pendentif rose taillé en cœur. Arielle resta bouche bée. C'était le morceau de verre dépoli retrouvé dans les débris de l'atelier.

— Tu m'avais expliqué qu'il te rappelait ta maman. Je l'ai fait monter en pendentif pour que tu puisses le porter près du cœur.

— C'est beau, murmura Arielle, fixant le bijou à travers les larmes qu'elle n'arrivait plus à contenir. Pourquoi avoir fait une chose aussi adorable pour moi ?

— Parce que je t'aime, dit le prince d'une voix rauque.

Le cœur d'Arielle fit une embardée. Elle releva les yeux. La tendresse du regard d'Eirik acheva de la troubler.

— Tu as dit que tu ne tomberais jamais amoureux…

Le prince esquissa un sourire contraint.

— Et pourtant me voilà devant toi, complètement, follement amoureux, *eskelda*. Je crois l'être depuis le jour de notre rencontre ici, dans la crique de la Fée, et je sais que je le resterai toute ma vie.

Le bonheur voletait juste à sa portée, mais Arielle, prise de vertige, n'osait tendre la main pour s'en saisir.

— Tu ne peux pas, chuchota-t-elle.

— Ne veux-tu pas de mon amour ?

Il y avait de l'incertitude dans sa voix, la vulnérabilité du petit garçon qui aspirait à recevoir l'affection de ses parents.

— Bien sûr que si, plus que tout au monde !

Elle posa la main sur sa joue et se remit à trembler comme il tournait la tête pour baiser sa paume.

— Je t'aime de tout mon cœur, reprit-elle. Mais c'est un supplice. Je veux pouvoir le faire librement et publiquement.

Sa voix se brisa.

— S'il te plaît, ne me demande pas d'être ta maîtresse cachée une fois marié !

Eirik saisit sa main et la tint contre sa poitrine.

— Je ne veux pas que tu sois ma maîtresse, *eskelda*. Je veux que tu sois ma femme.

Arielle le contempla, interdite, incapable de croire à la merveille.

— Oh ! mon bien-aimé, nous savons tous deux que cela n'arrivera jamais. Je ne peux pas t'épouser. Le peuple du Fjernland ne m'acceptera jamais et ta mère encore moins. Tu dois choisir une femme digne de devenir princesse.

Les yeux d'Eirik lancèrent des éclairs.

— C'est *toi* ma princesse, et seulement toi. Mon peuple tombera amoureux de toi comme moi. Quant à ma mère, à cette heure elle prie pour que tu acceptes ma demande car je lui ai clairement expliqué, ainsi qu'au prince Otto, qu'aucune autre femme ne deviendra mon épouse, dit-il en accrochant la petite chaîne autour du cou d'Arielle. Je ne me marierai que par amour et je n'aimerai que toi, toujours. J'ai convaincu mon père et le Conseil de modifier la Constitution, de sorte que si je meurs sans héritier, le Fjernland ne repassera pas sous l'égide danoise. À la place, le Conseil, élu démocratiquement, choisira le nouveau chef d'État.

— As-tu vraiment ce pouvoir ?

— C'est déjà fait, et avec une facilité déconcertante. Mais tu comprends bien que ma mère souhaite ardemment que tu m'épouses et que nous ayons des enfants.

Eirik sourit devant sa mine interloquée.

— J'aimerais fonder une famille avec toi. Non pour avoir un héritier, mais parce que je t'adore et que je rêve d'avoir trois ou quatre mini-versions de toi.

— Quatre !

Arielle cessa de résister à la joie qui la submergeait, cessa d'avoir peur de le saisir enfin, ce bonheur qui se tenait là devant elle sous la forme d'un prince doré. Son prince charmant. L'amour toujours à la fin de ce conte de fées…

— Rien ne nous oblige à en avoir autant. Ni même à en avoir tout court, si tu n'en veux pas, se hâta de préciser Eirik.

— Oh ! Des bébés avec toi, j'en veux ! Mais, plus que tout, je veux que tu m'aimes autant que je t'aime, pour le restant de nos jours.

Il lui saisit alors la main et la pressa sur son cœur.

— Il ne bat que pour toi. Maintenant et pour toujours, *eskelda*. Ça veut dire : « mon amour ».

— Eirik… ?

Il avait mis un genou sur le sable et sorti de sa poche un petit écrin en velours. Cette fois Arielle fut certaine de rêver. Le prince exhiba un amour de saphir taillé en carré, serti de diamants qui étincelaient sous le soleil.

— Arielle, veux-tu m'épouser et devenir ma femme, ma compagne, ma princesse et mon plus cher amour dans cette vie et au-delà ?

— Oui, chuchota Arielle.

Un peu plus fort, parce qu'elle avait trouvé sa voix et ne la perdrait plus jamais, elle ajouta :

— Je t'aimerai pour l'éternité.

Eirik glissa la bague à son doigt et se leva.

— Tu m'as bien dit que cette crique était isolée ? murmura-t-il sur ses lèvres.

D'un geste vif, il lui retira le T-shirt, puis le soutien-gorge, et gémit en cueillant ses seins dans ses paumes.

— Vois-tu, j'ai des projets nous concernant pour le reste de la journée et aucune envie d'être dérangé, mon amour.

Épilogue

À San Sabinus, joyau de l'Adriatique proche du talon de l'Italie, Eirik quitta l'immense château, résidence royale de la princesse Catalina et de son jeune époux, le comte italien Bruno Oliveto, pour gagner la petite plage privée de sable blanc, abritée des vents du large par une barrière naturelle de rochers.

Là, évoluaient ce matin trois sirènes. Les deux plus jeunes, de vraies jumelles blondes aux yeux d'un bleu profond tirant sur le vert, soulevaient des gerbes d'éclaboussures avec leurs monopalmes. La troisième se reposait sur un rocher avec sa queue vert pailleté assortie à son maillot. En séchant au soleil, ses longs cheveux bouclaient comme sous le pinceau du Titien. Un élan de désir familier saisit Eirik devant les courbes voluptueuses de son épouse à mi-parcours de sa seconde grossesse. Un garçon cette fois, mais qui ne serait pas l'héritier officiel du trône. Dans le futur, le Fjernland serait dirigé conjointement par leurs filles, la princesse Anna et la princesse Josefine.

— Papa, tu viens te baigner avec nous ?

— Regarde, je nage vite ! Je vais plus vite qu'Anna.

— C'est pas vrai !

— Les filles, dit doucement leur mère. Pas de disputes le dernier jour des vacances !

Tout en pataugeant dans l'eau en direction d'Arielle, amour de sa vie et épicentre de son univers, Eirik regarda d'un œil attendri ses petites sirènes plonger vers le fond.

— Trois ans, et déjà des nageuses accomplies… Est-ce que tu regrettes de rentrer demain au Fjernland ?

— Bien sûr que non, répondit Arielle, le visage levé pour recevoir son baiser. Tant que je suis avec toi… Le mariage était très réussi, n'est-ce pas ? Catalina semblait si heureuse avec Bruno.

— Cela m'a rappelé le nôtre.

Trois jours de fête nationale avaient été décrétés au Fjernland pour la célébration de leurs noces organisées au palais d'Hiver. Eirik n'oublierait jamais le bond qu'avait fait son cœur à la vue de sa future épouse remontant l'allée, apparition céleste dans sa robe de dentelle ivoire. Arielle était sa princesse à tous points de vue. Un mois après leur mariage, coiffée d'une tiare ornée de diamants et de saphirs, elle se tenait à ses côtés en qualité de princesse consort lorsqu'il avait été intronisé souverain régnant du Fjernland à la suite de l'abdication du prince Otto.

La main d'Arielle se posa sur sa joue, le ramenant au présent.

— Lina m'a dit qu'elle garderait toujours le souvenir de ton frère dans un petit coin de son cœur.

— Niels aurait souhaité qu'elle soit heureuse, déclara-t-il avec conviction.

— Et toi, es-tu heureux ? chuchota Arielle.

Eirik sourit à sa bien-aimée.

— As-tu besoin de poser la question ? Toi, les filles et bientôt notre fils, vous êtes ce que j'ai de plus précieux.

Sa famille. Elle comptait plus que tout au monde. Avec le temps, la douleur du deuil s'était apaisée. Lui aussi, chérirait toujours le souvenir de Niels.

Il se leva. Son regard se posa sur l'océan au-delà des rochers et capta un éclair argenté. Une queue ? Cela ne ressemblait pas à un poisson. Allons donc, les sirènes n'existaient pas dans la vraie vie… n'est-ce pas ?

Vous aimez les contes passionnés ?
Retrouvez en numérique :

1. *L'enfant d'un ténébreux milliardaire*, Heidi Rice
2. *Un fantasme pour patron*, Lucy King
3. *Baiser à un Grec*, Abby Green
4. *Le scandale de minuit*, Kate Hewitt
5. *La beauté des mers*, Chantelle Shaw

Et ne manquez pas le roman de Clare Connelly
dès le mois prochain dans votre collection Azur !

Un dangereux aveu, de Julia James - N°4624

« Si quelqu'un a une raison de s'opposer à cette union, qu'il parle maintenant ou se taise à jamais. » Les mots du prêtre résonnent dans l'église médiévale italienne, tandis qu'Ariana se lève pour interrompre la noce. Face à une assistance médusée, elle révèle alors attendre un enfant de Luca Farnese, le futur marié ! Le scandale est immédiat, retentissant, mais il paraît moins dangereux à Ariana que le regard noir de l'homme qui fut son amant avant d'être son ennemi…

Une alliance avec Gianni Renzetti, de Lynne Graham - N°4625

Leur alliance sauverait Josephine de la ruine, et son ami d'enfance du scandale. Doit-elle néanmoins accepter d'épouser ce dernier ? Certes, Gianni Renzetti lui permettrait de conserver le domaine familial de Ladymead, mais il n'est pas un homme pour elle. Depuis toujours, il conquiert le monde et les femmes, tandis qu'elle aspire à une vie calme et rangée. Hélas, Josephine est dans l'impasse. Comment pourrait-elle dire non à Gianni alors qu'il tient entre ses mains son avenir… et son cœur ?

La belle et le ténébreux, de Clare Connelly - N°4626

Depuis six ans, Thirio Skartos mène une vie de reclus, au sein de son château perdu dans les Alpes. Ainsi coupé du monde de débauche dans lequel il s'est perdu autrefois, il espère expier ses fautes. Jusqu'au jour où la tentation vient frapper à sa porte, sous les traits d'une délicate créature prénommée Lucinda. D'abord furieux d'être dérangé dans son antre, il ne peut s'empêcher d'être séduit par la belle. Au point de rompre son vœu de solitude pour explorer avec elle le désir qui les pousse l'un vers l'autre…

Le milliardaire sans limites, de Lucy King - N°4627

SÉRIE : *LES FILS PERDUS D'ARGENTINE* - 3/3

Il n'a aucune limite. Elle n'aura aucune échappatoire… Le milliardaire Max Kentala joue selon ses propres règles et ne laisse personne se mettre en travers de son chemin. Aussi est-il d'abord méfiant à l'égard de la détective privée qui débarque dans son existence pour lui révéler le mystère de ses origines. Pourtant, seul avec la tenace Alexandra Osborne aux Caraïbes, il sent le désir le gagner et sa raison fléchir. Et, bientôt, Max ne songe plus qu'à conquérir la belle intruse…

Le yacht de la passion, de Tara Pammi - N°4628

SÉRIE : *RELATIONS PRIVÉES* - 3/3

Après avoir fui un mariage forcé, Clare trouve refuge… sur un yacht. Comme si la situation pouvait être pire, elle découvre que le propriétaire du luxueux bateau n'est autre que Dev Kohli, le milliardaire avec lequel elle s'est abandonnée à la passion autrefois. À mesure qu'elle vogue à ses côtés vers une destination paradisiaque, Clare se demande si en échappant à son destin elle ne s'est pas exposée à un danger plus grand encore – celui de tomber amoureuse d'un homme avec qui elle n'a aucun avenir…

Liaison grecque, de Jennifer Faye - N°4629

Depuis leur rencontre, Adara et Krystof entretiennent une liaison torride – et sans engagement. Mais Adara finit par se lasser de ces rendez-vous trop brefs et met fin à leur histoire vouée à l'échec. Jusqu'à ce qu'elle retrouve Krystof sur une île privée grecque, pour y préparer avec lui le mariage de leurs meilleurs amis. Dans ce cadre enchanteur, les derniers vestiges de sa raison s'évanouissent pour laisser libre cours à une passion dévorante…

L'empreinte du désir, de Heidi Rice - N°4630

Xanthe est troublée : pour récupérer l'héritage qui lui permettra de sauver son entreprise, elle n'a d'autre choix que d'aller à la rencontre de Dane Redmond, son mari, et de lui faire signer une fois pour toutes les papiers de leur divorce… Si l'idée de revoir celui qui l'a brutalement quittée dix ans plus tôt ne l'effraie pas – ne s'est-elle pas affranchie de son joug, en devenant une femme d'affaires accomplie ? –, elle comprend pourtant, lorsqu'elle pénètre dans le majestueux bureau de Dane, que les choses ne seront pas si simples. Car, à la seconde où leurs regards se croisent, elle se sent chavirer de désir…